EL VALLE
DE LOS
MAMUTS

IGOR RAMÍREZ GARCÍA-PERALTA

EL VALLE DE LOS MAMUTS

B

El papel utilizado para la impresión de este libro ha sido fabricado a partir de madera procedente de bosques y plantaciones gestionadas con los más altos estándares ambientales, garantizando una explotación de los recursos sostenible con el medio ambiente y beneficiosa para las personas.

El valle de los mamuts

Primera edición: octubre, 2024

D. R. © 2024, Igor Ramírez García-Peralta

D. R. © 2024, derechos de edición mundiales en lengua castellana:
Penguin Random House Grupo Editorial, S. A. de C. V.
Blvd. Miguel de Cervantes Saavedra núm. 301, 1er piso,
colonia Granada, alcaldía Miguel Hidalgo, C. P. 11520,
Ciudad de México

penguinlibros.com

Este proyecto fue parcialmente financiado con cargo al Plan de Recuperación, Resiliencia y Transformación por la Unión Europea - Next Generation EU

Penguin Random House Grupo Editorial apoya la protección del *copyright*. El *copyright* estimula la creatividad, defiende la diversidad en el ámbito de las ideas y el conocimiento, promueve la libre expresión y favorece una cultura viva. Gracias por comprar una edición autorizada de este libro y por respetar las leyes del Derecho de Autor y *copyright*. Al hacerlo está respaldando a los autores y permitiendo que PRHGE continúe publicando libros para todos los lectores.

Queda prohibido bajo las sanciones establecidas por las leyes escanear, reproducir total o parcialmente esta obra por cualquier medio o procedimiento así como la distribución de ejemplares mediante alquiler o préstamo público sin previa autorización.
Si necesita fotocopiar o escanear algún fragmento de esta obra diríjase a CemPro (Centro Mexicano de Protección y *Fomento* de los Derechos de Autor, https://cempro.com.mx).

ISBN: 978-607-385-000-1

Impreso en México – *Printed in Mexico*

A todas mis bestias

Voy a borrar de la faz de la tierra al ser humano que he creado,
y no solo al hombre, sino también a los animales,
los reptiles e incluso las aves del cielo,
porque me arrepiento de haberlos creado.

GÉNESIS

Let those who cut down the sycamore tree,
beware the wrath of nature, wild and free.
For their evil deed will not be forgotten.

NORTH EAST TWEETS

It is important, it is true, it is happening,
and it is an impending disaster.

SIR DAVID ATTENBOROUGH

History ends at least once.

SAMUEL P. HUNTINGTON

1

A los 37 años comprendí que la historia no va en una sola dirección, que no es una espiral que conduce siempre a más —más libertades, más conocimiento, más vida—. Pensaba que las calamidades eran distracciones, escalas, simples paradas técnicas dentro del caudal del progreso. Que los diques robustos de la civilización nos contenían, que la corriente necesariamente desembocaba en el mar y que el olor a carne quemada se acabaría quedando atrás. Pero me equivoqué. *Historia* no es sinónimo de *evolución* y nuestro cuento no tiene un final feliz garantizado. La historia se bifurca, estanca, retuerce y retrocede. La historia se acaba y nada asegura que vuelva a empezar. La historia es arcilla que con la sangre se hace fango y al secarse se agrieta, se desbarata en polvo y arena que el viento arrambla para que luego lluevan gotas de sangre.

Viví mi infancia en el barrio de Chamberí, en Madrid. A mi madre le gustaban los perfumes y coleccionaba frascos miniatura sobre la estantería de su baño. Olía a higos maduros, y mi padre, cirujano pediatra, a Minotaure, astringente y tabaco. Emergí de la adolescencia en una sola pieza, con inseguridades propias de la edad, pero sin curtirme en desalientos. Nunca me rompieron el corazón, ni creo habérselo roto yo a nadie. Hijo único, crecí con Chato, un gato persa gris azulado, de ojos grandes y amarillos y, años más tarde llegó Mago, mi perro de orejas aterciopeladas. Lo encontré un día lluvioso de otoño, en Humanes, un infame polígono industrial. Tendría apenas dos meses y se plantó frente a mí con su carita de mil amores y su patita derecha hecha añicos. Vomitó plástico y pelo en el trayecto a casa y, ya desde esa primera tarde, insistió en que a él y a mí nos esperaba algo grande, que la nuestra sería una de aquellas amistades que definen toda una vida. Gracias a él y por culpa de su encanto, llevo décadas automedicándome la compañía de mis animales para, con mayor o menor éxito, hacer frente a la ansiedad. Con ellos he vencido fobias y angustias, juntos nos hemos inventado ninfas y ogros que habitan nuestras medias noches y a los que les ladramos a coro.

Mamíferos, aves, reptiles, no importa que tengamos pelo, plumas o escamas, que sudemos o que, como los cerdos, seamos incapaces de hacerlo y no quede más remedio que revolcarnos en charcos de orina para refrescarnos; a todas las bestias nos rigen dos deseos primarios: sobrevivir y poseer —manosear, frotar, comer, follar— aquello que no es nuestro, hacernos con lo ajeno. El gato siempre preferirá el pienso del perro y el perro siempre el del gato. Así somos todos.

Solía veranear con mis padres en Ibiza y ahí, en el norte de la isla, entre Sant Carles y Sant Joan, compré mi primera casa con la herencia de la abuela. Desde su porche veíamos el mar, Formentera y el faro de la Mola. Luego, los pinos crecieron y Pilar nunca los quiso podar. Pilar Bolton fue mi mujer. Nos conocimos en la universidad. Yo estudiaba Derecho y Ciencias Políticas, ella Historia y Filología Clásica. Sus ojos tenían un verde que se le deslavó con los años, llevaba el pelo al ras de los hombros, las cejas estilizadas en dos finos arcos y la mejilla derecha se le hundía en un hoyuelo al sonreír. Nuestra amistad se ha quedado empantanada en esa eterna preocupación que ella se obstina en hacer pasar por una especie de parentesco. Yo sin familia y sin pareja, yo solo en navidades y en pascuas; yo con mis perros, mis gatos, mis gallinas, mi halcón babilónico y mi incansable asistenta Elena, la de la pata un poco coja, el perfume a geranio y menta y el aliento a propóleo y eucalipto.

Vivo con Elena y solo ella sabe tenerme paciencia. Solo ella sabe dónde dejé mis gafas; solo ella reconoce cuando mi sonrisa es sincera; cuando lamí tres gotas por la mañana en lugar de dos y cuando ninguna. A ella y a nadie más le confío mis contrabandos: los vergonzosos aguacates que me traen de vez en cuando para el desayuno, las antigüedades griegas y romanas, mis nostalgias francesas, italianas o inglesas, las anforitas ibicencas y el palo santo «percudido en sangre». Así le decía Pilar, sangre indígena, de jaguar y conflicto, sangre de selva talada, extinta, quemada. Solo Elena sabe enderezarle las patas a los pollitos que rompen mal su cascarón. Solo ella puede recibir a los invitados, ofrecerles que pasen la noche en casa o insinuarles que es hora de que se marchen.

Vivo con Elena y con mis animales. Con mis achaques —espalda baja, rodilla izquierda, garganta seca—, mis manías, mis olores —leña, ajo frito, pan caliente (del bueno), curry carbonizado en el fondo de una olla y vino trasudado; olor a sábanas y a cama recién abandonada, a libros y papel, a ropa limpia y a abrigos halados por juergas—.

Vivo con el viento que despeina este pelo entrecano, grueso, rebelde; que despeina a los algarrobos, las sabinas y el enebro.

Vivo con el polvo que carga el viento: arena africana que, granito a granito, llega desde el Sahara hasta las Pitiusas.

Vivo con el polvo tan necio que se aferra a los objetos que he acumulado durante una vida: mis bronces, mármoles, cuarzos, lienzos, maderas y terciopelos.

Vivo con mis estatuillas: dos Goyas, un Oso de Oro y uno de plata, un León de plata y el garbeado óscar a la mejor película extranjera. A todas ellas, además del polvo y las telarañas, las abrazan recuerdos que arrastro como lastres. Glorias atragantadas, engullidas con martinis, negronis y copas de champaña que me causan acidez y reflujo. El vino también es de contrabando. El buen vino llega a escondidas, y Elena lo recibe para guardarlo bajo llave y esconderlo de Hacienda. Bien nos vale ser discretos.

Vivo a base de gotas y tengo la casa repleta de goteros: entre mis lecturas sobre la mesita de noche, en el librero de mi dormitorio, frente al retrato de Mago; en el escritorio del estudio, en la estantería del cuarto de baño y en la puerta de la nevera, al lado de la salsa de soja, la mostaza, los tubos de wasabi y mayonesa alemana. CBD, THC, microdosis de LSD y de setas. Ravintsara, siempreviva amarilla, menta y bergamota. Clonazepam para verdaderas emergencias —me gusta cómo su sabor dulzón me adormece la lengua—. Gotas para despertar, para dormir. Gotas para la ansiedad. Gotas para la apetencia, para las ganas de vivir, para el hambre y el ayuno. Venenos, antídotos, pócimas y mejunjes. Las gotas de THC es mejor colocarlas bajo la lengua y esperar diez segundos antes de tragar saliva, las de CBD es indiferente y las de LSD o psilocibina las cuento sobre el dorso de mi mano izquierda y luego las lamo.

Confiaba en mi memoria para reconocer el contenido de cada frasco y recordar sus dosis, hasta aquella vez que me cegué con un colirio de uso veterinario antes de irme a la cama. Amanecí a solas la mañana siguiente, con la vista borrosa, sin lograr leer la pantalla del móvil, mucho menos la etiqueta del gotero que repasaba con las yemas de los dedos empecinado en aprender Braille por ósmosis. Me sentí viejo e inútil, incapaz de conducir o de llamar a un médico para pedir auxilio. Un *preview* del Silvestre anciano, destinado a resbalarse en mitad de la noche, a fracturarse la cadera para permanecer inmóvil hasta que me encuentre Elena días después, solo en mi colina, con el pijama cagado y meado.

Tengo 59 años, aún nado en la piscina y en aguas abiertas, corro en asfalto y por las montañas, me monto en la bicicleta de carretera o en la gravel para recorrer caminos rurales. Soy aún buena piel, buen músculo, buen pelo, poca grasa y buen esperma, de chorro potente. Pero las décadas galopan con rabia, aceleradas en su furia y mi mañana desvalida se acerca, salivando sus ganas de comerse la poca dignidad que aún me quedará, para reducirme a un viejo ciego y en pañales.

El futuro empezó hace veintidós años. Nos empujaron a él. Hasta entonces había añorado épocas pasadas, eras que no viví: las grandes guerras, las revoluciones ideológicas, las quemas de libros y sostenes, Woodstock, los Beatles, el sida y sus estragos. Envidioso de tragedias, en 2001 me perdí los atentados terroristas de Nueva York por vivir en Madrid y en 2004 me perdí los de Madrid por estar de viaje en Nueva York. Una vida blanda hasta aquel febrero de 2020, cuando recorría Toronto y San Francisco, tras las huellas de Gaëtan Dugas, el supuesto paciente cero del sida, para escribir un guion que nunca terminé. La realidad se encrespó y sobrepasó el cortafuegos que la separa de la ficción. En marzo llegó el primer confinamiento y, semanas después, las grandes fábricas de perfumes francesas tuvieron que destinar sus líneas de producción al gel desinfectante; la Ferrari presentó un ventilador de bajo costo para las UCIs; el USNS *Comfort*, un barco hospital de la Marina de Estados Unidos, atracó en el muelle de Hell's Kitchen para socorrer a una ciudad colapsada, y en Madrid, la pista de hielo a la que me llevaba mi padre de pequeño hizo las veces de morgue.

No soy católico, pero creo. ¿En qué? No lo sé, mi fe va y viene, y a veces me sorprende como un juego de llaves que creía perdido o un billete de veinte euros en el bolsillo de algún pantalón. No soy católico, pero mis padres me criaron como tal y más de una vez he pretendido valerme de la religión en búsqueda de explicaciones o de alivio. Quizás por eso la transmisión televisiva de aquella bendición *Urbi et Orbi* del Santo Padre fracturó algo en mí: era una tarde lluviosa de finales de marzo, pintada de azules y con algún fulgor dorado que se escapaba de los interiores de las estancias papales. Francisco I ascendió la rampa en forma de cola de lagarto que conduce hacia la basílica de San Pedro con su esclavina revoloteándole sobre la sotana. La explanada vacía, mojada, y él, un anciano solo, enfilándose hacia el precipicio, devoto ante el crucifijo de San Marcelo del Corso, venerado por haber sanado la gran peste de 1522 y que, medio milenio después, se prestaba de nuevo al servicio de la humanidad. Esta vez ya sin salvación. Me conmovió la fragilidad del poder, el Vaticano vencido, sus rodillas raspadas y percudidas como las de una prostituta después de practicar una felación, hincada sobre la tierra de un descampado. La noche azul se precipitó sobre Roma y aquellos dorados resplandecieron aún más, el rumor de la lluvia, el cuerpo de aquel Cristo con su sangre centenaria, milagrosa, escurriéndole sobre las costillas de madera; el redoble de las campanas en todo su cansancio, parroquias e iglesias romanas, y la imperdible, escalofriante, sirena de una ambulancia que transportaría a algún ahogado ya sin oxígeno, sin aliento. Enfermos de carne azul. Nos sentí una raza olvidada, desamparada. Parecía una escena de aquellas películas americanas con montajes de noticiarios de todo el mundo, cacofonía de idiomas que anunciaban desastres impensados, incendios, tornados y terremotos implacables. Solo que los azotes eran reales.

Aquellos meses nos despojaron de nuestra última inocencia: ya no nos pueden contar cómo será el fin del mundo porque, si bien con distintas intensidades, todos lo estamos viviendo, cada uno encerrado en su propio abandono, digitalizados, apartados de la carne y las sensaciones reales. El futuro dejó de ser algo lejano y de significar *porvenir*, perdió toda connotación de esperanza y hasta hoy a nadie se le ha ocurrido una nueva palabra. Quienes sobrevivan tendrán que inventarse una para nombrar su mañana, si es que aún tienen ganas de él.

En aquel momento decidí que nunca tendría hijos y mi separación de Pilar inició. Desde entonces he intentado plasmar en mis historias este futuro que vivimos a diario y que se nos cuela entre los dedos, que se escapa con el vaho que exhalamos y se escurre, en vano, con nuestro sudor, nuestras lágrimas y nuestra sangre, mientras nos hundimos en el aislamiento más profundo: la soledad de nuestra especie, el terror de sentirnos los únicos seres sapientes en el universo, hambrientos de otras vidas que nos acompañen. La decepción nos mastica, nos escupe y yo cuento cuentos para poner el dedo en la llaga y rascarla con uñas largas, de gitano. Todo va a peor. Nuestro compromiso con el cambio es efervescente, una espuma que borbotea con intensidad antes de extinguirse hasta que la próxima calamidad nos vuelva a apretar el pescuezo.

Una abeja reposa sobre el tronco de un sauce con sus alas guardadas, la trompa replegada bajo su cabecita peluda y su corbícula apenas espolvoreada con escaso polen. Sopla el viento y ella se retuerce, gira desorientada sobre sus patitas y su abdomen se contrae en un espasmo. El sol está por alcanzar su cenit y sus rayos se cuelan entre esas alas translúcidas que resplandecen como vitrales, con su delicada arquitectura de nervaduras por donde circula la hemolinfa, sangre real, hija de reina. Las extiende y las vuelve a cerrar. Las extiende y el viento la desplaza sobre el tronco. El borde desgastado del ala superior derecha ostenta una herida acaecida en una de tantas batallas por recolectar su preciosa carga. Abeja fiel, servicial, incansable, entregada. Su vuelo, a diferencia del de otros insectos, es cuestión de fuerza bruta y no de aerodinámica. Una vez más despliega sus alas, engancha las inferiores a las superiores con sus diminutos garfios y las bate hasta formar un torbellino que le permite emprender su ineficiente vuelo, con sus patitas traseras juntas en señal de veneración, de obediencia y rezo, mientras con las delanteras acicala su rostro.

Sol de mediodía, el viento deja de soplar y, por un momento, los pastos enmudecen, las espuelas de caballero se yerguen en un saludo marcial y las campanulas se desmayan en la más solemne reverencia, mientras que los lirios intentan consolar a las margaritas que lloran sus pétalos sobre los geranios que se fruncen adoloridos. Por tierra, un pelotón de hormigas que transporta media mantis desmembrada deja caer su fardo y, una a una, se contorsiona en una genuflexión de acróbata; la culebra se endereza, ensoberbece su anatomía y, con deferencia, despliega su lengua bífida, y una madre erizo, regordeta y simpática, estruja a sus dos crías que se tambalean en su andar aún inexperto y se gira hacia el cielo para despedirse de la abeja con sus ojos tiernos.

Las alas de la abeja baten una melodía con el coro del viento que ha vuelto a soplar. El jardín se transforma en sinfonía y un venerable agave hace las veces de órgano. Sus acordes progresan en una composición milenaria para acompañar a la abeja que sobrevuela las bocas de dragón, alzadas como torres por encima de un rosal desconsolado. Los céspedes cantan una tristeza jamás escuchada, lloran las peonias, los claveles y las anémonas japonesas. Los rayos del sol se quiebran en chispazos dorados sobre el lomo de la abeja que ralentiza su vuelo. La abeja ya no necesita batir más sus alas, es el aire quien la carga con mansedumbre insospechada. Sus patitas traseras se rinden y descuelgan la oración que rezaba; sus antenas finalmente dejan de transmitir su incesante señal de búsqueda, de necesidad, de auxilio y de deseo de servir. El viento se la lleva consigo para brindarle sepultura y las fuentes del cielo se quiebran en una lluvia sin nubes. La última de su especie, raza real, monarquía que sucumbe. Se va, se va y se fueron las abejas.

Escribí esas líneas años atrás durante un viaje a Cambridge en un cuaderno Clairefontaine A4 rojo, de hojas cuadriculadas y lomo deshilachado, con la Montblanc estilográfica, regalo de los abuelos, que utilizo desde los dieciocho años. Harto de los demás ponentes que participaban en una conferencia sobre los nuevos paradigmas de la masculinidad, decidí caminar a solas por los jardines de

Trinity College. Ahí la descubrí, como en el relato, sobre el tronco de un árbol, aturdida, y solitaria e intuí que sería nuestra despedida. Nunca más volví a ver una abeja. Dos años más tarde, en 2032 las declararon finalmente extintas cuando llevábamos ya tiempo viviendo el efecto de su desaparición. La ausencia de su zumbido cambió el paisaje sonoro descalibrando todo tipo de radares, desde los de otras especies de animales hasta los de los velocímetros en las carreteras e, incluso, los de algunas avionetas y helicópteros. Se empezó a hablar del efecto «Torre de Jenga» en el contexto de la biodiversidad, el cambio climático e, incluso, en el de nuestra propia tecnología: substraer una especie, retirar uno de los bloques que conforman el sistema de la vida en este planeta, tiene consecuencias que no podemos determinar *a priori* y aumenta el riesgo de que la torre colapse. ¿Nos la jugamos? *Game over*.

Aún se conservan algunos enjambres por ahí, guarecidos en laboratorios; quizás haya alguno en la propia universidad de Cambridge donde subsista la prole de aquella abeja. Panales archivados, tesoros invaluables para después. Y uso esa palabra —*después*—, porque *futuro*, como sabemos, ha perdido toda connotación de esperanza. El futuro es hoy, es donde vivimos, es desolador y quien lo sobreviva se tendrá que inventar una nueva palabra para nombrar lo que promete suceder con el paso del tiempo.

Con las abejas se fue su miel y perdimos flores, frutos, bayas y hortalizas. También se fueron las moras y las cerezas. Aquel que esté dispuesto a pagar por ellas aún las puede conseguir, provenientes de Japón y sus campos fertilizados con drones. Caras, insípidas, hinchadas de aire, como las que llegaron esta mañana a casa en una ostentosa caja de madera.

«¡Silvestre!», grita Elena desde el porche con su premura habitual. Cruza el salón con su andar atropellado y la cristalería de la vitrina empotrada en el muro tintinea. La alfombra del corredor enmudece sus pasos, cruje el primer peldaño, el segundo. «¿Silvestre?», llama a la puerta y entra a mi estudio sin esperar a que le responda.

—¡Que te han enviado estas zarzamoras! —exclama, con la boca hecha agua— Vieras la de años que no me como una...

—Pues son tuyas, mujer —digo con indiferencia.

—¿Cómo que mías? ¿No me digas que no las quieres? —pregunta ofendida, recriminándome con su tono, una vez más, lo consentido que estoy.

—Pruébalas. No sabrán a nada.

Coloca la caja de madera sobre mi escritorio, grande como una de zapatos, con dos zarzamoras gravadas en bajo relieve. Sus manitas regordetas y sus ojos llenos de ganas, avispados en búsqueda de una herramienta para romper la cinta color púrpura. Le extiendo el abrecartas y, con la lengua asomándosele entre la comisura de sus labios, cercena de tajo el empaque.

—Ay, míralas, ¡qué bonitas son!

—Sintéticas, hechas en laboratorio, crecidas en agua y maduradas en la misma caja que tienes en las manos.

Arruga su nariz, refunfuñando mi amargura, y se lleva a la boca una zarzamora del tamaño de un huevo de codorniz que le revienta contra el paladar. Cierra los ojos, encoge sus hombros, sonríe y las mejillas se le redondean aún más.

—Qué envidia cuánto las disfrutas.

—¡Es que pruébalas! —esa última a alargada en tono de reclamo— Tú porque estás acostumbrado a estas cosas. Anda, cómete una...

—Tú las vas a disfrutar más.

—¡Pero que te comparto!

—¿Te acuerdas cuando crecían en el bosque?

Las zarzas repletas al final del verano. Me las comía ahí mismo, de pie entre los arbustos, con piernas y brazos arañados por sus espinas. Así me comía también los espárragos silvestres. Contadas las veces que logré hacerme una tortilla con ellos. Nunca llegaban al plato. Los devoraba en el jardín. «Y nísperos y cerezas... Echo de menos las cerezas».

—Y yo a mi madre, Silvestre. Pero uno tiene que aprender a disfrutar lo que trae la vida...

—Pues hoy te trajo esas zarzamoras japonesas, mujer. Disfrútalas.

Se lleva dos más a la boca y entre lengua y paladar las hace mermelada. Elena y su pragmatismo nato. Disfruto el placer que le dan las cosas bien hechas: su dicha por dejar una ventana bien limpia, lo satisfecha que se muestra cuando logra quitar el hollín a la puerta de cristal de la chimenea del salón. Gozo más su alegría al verme devorar su tortilla de patatas que el bocado que me llevo a la boca y al que, sin variar, le falta o sobra sal. Complacida y con las mejillas hinchadas por otro puñado de zarzamoras gigantes, se gira sobre sus talones y avanza hacia la puerta.

—Elena, ¿quién las manda?

—Ah, claro —se ríe y mete la mano en el amplio bolsillo de su falda color salmón—. L. Paul, dice.

Suelto una carcajada.

—¿Laline?

—L. Paul —repite extendiéndome el sobre.

Reconozco la ironía, propia del humor que nos une a Laline y a mí. Gracias a su novela *The Bees*, que leí durante la primera pandemia, surgió mi amor por las abejas. Me declaré su admirador y, poco a poco, cultivamos una amistad a distancia que se intensificó con encuentros ocasionales en ferias de libro y conferencias y, posteriormente, una vez que su microcosmos de abejas dio el salto a la pantalla, en el circuito de festivales de cine. Ella lloró su extinción mucho más que yo y luchó por ellas hasta el final. De entre mis amistades, es quizás la que mejor sabe escuchar y nos mantenemos en contacto por videollamadas o asomándome a lo que publica en sus redes: su apacible vida en la campiña inglesa, un oasis alejado de la violencia y hambruna que infesta las principales ciudades británicas. Imágenes, también, de las ocasionales inundaciones que provoca un río cercano los meses de lluvia o de las nevadas apocalípticas que la dejan aislada durante días. Abro la carta ilusionado y admiro su compromiso con el papel, su tinta azul, un poco más clara de la que yo uso, y el puño decidido y coqueto de su caligrafía jovial.

My dear Silvestre,
querido señor Alix,
¿cómo te trata este mundo sin abejas?

Con gentileza, espero. *We are privileged.* Incluso si la vida se ha vuelto un poco insípida, como estas zarzamoras que te envío. Espero que, aún así, sean un recordatorio de lo afortunados que somos y eso es algo que debemos agradecer.

Ojalá fuese suficiente para hacernos felices.

Sonríe. Te ves mucho más guapo cuando lo haces.

Yours truly,
Laline

Privileged. Privilege. Privilegio. Ella insiste, yo reconozco y agradezco sin apéndices ni anotaciones al pie de la página. Agradezco la luz que entra por la ventana y este techo alto, con sus robustas vigas de madera, que me protege de la lluvia, del frío, del calor y del sol; agradezco estos muros anchos pintados con cal blanca y esa columna que asienta las generosas dimensiones de mi casa; agradezco mi bosque, mi jardín, el agua limpia que puedo beber, la comida que me puedo llevar a la boca y la que me puedo permitir rechazar —como las benditas zarzamoras de Laline—. Agradezco estas dos piernas, aún fuertes, que me permiten correr y estos brazos que me impulsan en el agua; agradezco este pecho ancho, sano, mi olfato intacto y mi particular sentido del gusto. Agradezco mi salud y el torrente de vacunas y antibióticos a los que he tenido acceso para protegerla antes los virus y las bacterias que tanto nos han castigado. Agradezco la compañía de Elena, de mis animales; agradezco nuestro refugio y que el cine siempre nos haya dado de comer, que aún lo haga. Agradezco, sí, pero no por eso dejo de echar de menos la antigua libertad, tan lejana ya que la confundo con ensoñaciones. Me pregunto si es verdad que recogíamos zarzamoras salvajes y que un día acabé en urgencias por una abeja que se me metió dentro del maillot cuando descendía en mi bicicleta hacia Cala San Vicente a toda velocidad. ¿De verdad le poníamos miel a la sobrasada? ¿Eso sucedió o me lo he inventado? Ahora mismo me suena tan extravagante.

Agradezco, sí, pero también protesto y mis reproches son un ejercicio de memoria, cortes de caja que me ayudan a recordar que la vida no siempre ha sido así. Que efectivamente existieron las zarzamoras salvajes, que sí me caí de la bicicleta y que las abejas, al picar, dejaban medio cuerpecillo dentro para luego morir desmembradas. Protesto estas décadas de placer aséptico parapetado entre mis estatuillas. ¿Cuándo fue la última vez que le comí el coño a una mujer que conocí esa misma noche? ¿Que saboreé un par de tetas nuevas? Las precauciones injurian al morbo: ¿estás vacunado? ¿Te importa si follamos con la mascarilla puesta? Puedes ver, pero no manosear. O puedes acariciar, sí, pero no lamer. Nada de fluidos, no estornudes, no sudes, no te corras. No me abraces, no me beses.

Cojo el móvil para llamar a Laline.

—¡Mi amor! —responde en su español tan mordisqueado.

—*Laline, how are you?*

—¿Recibiste mi regalo? Qué mal gusto, ¿no? —ríe irónica.

—Recibido, muchas gracias.

—¿Las has probado?

—No, pero Elena está encantada con ellas.

—¡Qué grosero! ¿Tienes idea de cuánto pagué por ellas?

—¿Y tú las has probado, mujer?

—¡Por supuesto que no! —exclama, con todas las entonaciones mal colocadas.

—¿Cómo estás, Laline?

—No me puedo quejar. Ha salido el sol, mi nieta y su prometido vendrán a comer...

—¿Todavía se lleva eso?

—¿Qué?

—Comprometerse, casarse...

—¿E ir a comer a casa de la abuela?

—Pues sí, todo eso.

—Nos besaremos, bailaremos y procrearemos hasta el final —dice muy segura de sí—. Y está bien así, *it is in our nature*...

—Me hiciste reír cuando vi que las *Japanese blackberries* eran de tu parte. ¿Has visto el empaque tan elegante en que vienen?

—Sabía que te causarían gracia.

—*Perfect timing*. Hace unos días me encontré con un texto que escribí sobre las abejas.

—¡Ay, las abejas! Nuestras amigas —su voz llena de melancolía.

—Lo tengo aquí en mi escritorio.

—¿El texto? Mándamelo, *please*.

—Lo transcribo y te lo envío. Está a mano.

—Qué va, ¡no! Envíame una foto del manuscrito. Mucho mejor. Un tributo a nuestras amigas.

—*Tus* amigas.

—*Nuestras* amigas. Pero las traicionamos, nosotros los humanos...

—¿Qué me dices de esas abejas que tienen por ahí en laboratorios?

—Leviatanes modificados genéticamente. Como las zarzamoras enormes que se está comiendo Elena.

—¿No crees que son una opción viable?

—Las abejas fueron el gran amor de mi vida, Silvestre. Pero creo que una vez que nos cargamos una especie, hay que dejarlo así y no ponernos a jugar a los dioses con la genética. ¿Recuerdas lo que pasó con los mamuts?

Los mamuts. Les había perdido la pista y, al terminar la llamada, internet me ayuda a refrescar la memoria: Colossal Genetics, una empresa de biotecnología y genética con sede en Dallas, y la Universidad de Harvard ingeniaron un centenar de mamuts lanudos que, supuestamente, contribuirían a frenar la desaparición del permahielo en el Ártico, a restaurar las estepas y a blindar al ecosistema contra los efectos del cambio climático. Para ello extrajeron un segmento del ADN de especímenes de mamut conservados durante milenios en enormes témpanos de hielo y lo insertaron en células madre de elefantes asiáticos. En su momento, la comunidad científica se dividió. Hubo quien consideró aquella hazaña un disparate, una falta de seriedad, de responsabilidad y ética. Otros, en cambio, vieron en ella el santo grial de la conservación: una ruta para proteger tanto al ártico como a los propios elefantes asiáticos, así como una maravillosa oportunidad para jugar a los dioses, resucitando seres de la prehistoria y reintegrando bloques vitales para supuestamente mitigar los famosos efectos de la Torre Jenga. «Los mamuts derribarán las especies de árboles que han invadido la tundra, plagas que han trastornado ese ecosistema. Compactarán el musgo y transformarán los paisajes en llanuras que ayudarán a mantener el subsuelo frío».

La ecuación produjo unas cuantas manadas de mamuts agresivos, territoriales y estériles que desestabilizaron aún más un ecosistema particularmente frágil, ahuyentando a otras especies de mamíferos de gran tamaño y derribando los pocos árboles que, a final de cuentas, resultaban benéficos para el permahielo de los bosques árticos. Las imágenes eran desoladoras: tierras erosionadas con mamuts raquíticos, andrajosos y malheridos, batiéndose por alimento.

Según mi búsqueda, en Alaska y Canadá se sacrificó a la mayoría de las bestias, otras cuantas terminaron encerradas en laboratorios repartidos por todo el mundo y dos docenas de animales fueron transportados al extremo noroeste de Islandia, donde habitan en estado de semilibertad, en el rancho de uno de los socios capitalistas de Colossal Genetics. Localicé la región de los Westfjords en el mapa, un apéndice peninsular rodeado por el océano Ártico, apenas poblado y con orografía caprichosa frente a la costa de Groenlandia. Las fotografías me cautivaron: aquellos paisajes islandeses tan edénicos e inalterados, sin huella del paso del hombre, cielo azul intacto, planicies circundadas de colinas, verdes fluorescentes salpicados de negro y una manada de mamuts en la más sublime ignorancia sobre los milenios que los separan de sus abuelos.

— 28 —

Descargué unas cuantas, volvería a ellas. A su inercia, a ese poder que poseen solo los animales salvajes para sustraernos de nuestra soledad y llenar este vacío tan propio de nuestra especie.

Constanza me coge con fuerza para bajar juntos la cuesta, sus uñas enterradas en mi antebrazo. «No entiendo por qué no puedo aterrizar en tu finca», protesta. «No empieces», suplico, «sabes mejor que nadie que no quería montar este espectáculo, así que no me la pongas más difícil». Desliza su mano helada hasta la mía, la estrecha y dice que qué bonita está la isla. Está preciosa. Tres semanas de lluvia la han dejado verde, con los rojos de la tierra muy vivos, sus negros más negros y setas silvestres pululando entre rocas cubiertas de musgo. «Llegaremos a casa para el atardecer», anuncio entusiasmado. Quiere ser la última y me pregunta si ya han llegado todos los demás. Respondo que sí, que tendrá su entrada triunfal, mientras le abro la puerta de mi todoterreno. «Y eres la única a la que he recogido personalmente». Le guiño un ojo, sonrío, cierro la puerta y observo mi reflejo en la ventanilla. Detrás de mí el cielo empieza a teñirse en uno de aquellos atardeceres de nubes colosales con llanuras multicolor.

Constanza grita apenas echo a andar el coche.

—¡Me pone cachonda el ruido de un motor de verdad! —aquella erre larguísima, como un ronroneo— Dejaría que tu pickup me preñase en este instante.

—¿La pickup antes que yo?

—Ay, Silvestre, a ti ya no te gustan las mujeres… Follas solo con ninfas extraterrestres que vienen a visitarte.

—Pues ojalá vinieran más a menudo.

—¿O con tus gallinas? Oye, ¿te has follado a alguna? Confiesa...

Nos ponemos en marcha.

—*Amore, bumpy road!* Conduce más despacio.

—No quiero que te pierdas el atardecer.

—Qué mono, pero me importa lo que a ti mi coño. ¿Al menos me ves guapa?

Tiene la boca aún más larga, los ojos demasiado separados, estirados hacia arriba y hacia los lados. ¿En qué momento se impuso la morfología de los reptiles como estándar de belleza?

—La más guapa de toda España —miento.

—¿Te gusta este modelito que traigo puesto?

Un abrigo de yeti sobre un vestido plateado con cremallera al centro. Tira de ella con sus uñas —largas, punta almendra, manicura francesa— para revelar sus tetas coronadas por dos pezoneras de un gel tornasol que parecen flotar sobre su piel. Los colores del atardecer. Veo su piel blanca, fría, fina, papel de arroz, una cartografía del cauce de sus venas. Alitas de abeja.

—No sé si esta noche dé para tanto.

—Sos un aguafiestas. Yo a alguien le mostraré las tetas. ¿A qué vine si no?

—Pues a esta puta cena.

—¡El maestro del cine español! —aplaude irónica.

—El empecinamiento de tus colegas en congratularse y creer que lo que hacemos importa...

—¡Vaya par tú y yo! ¿Por qué no nos despeñas desde un acantilado ahora mismo y ya está? Así les jodemos la noche a esos boludos.

Aparco, ella espera a que le abra la puerta y me extiende su mano derecha. De nuevo sus dedos helados entrelazados con los míos, callosos y calientes. La grava cruje bajo nuestros pasos y al fondo del camino, mi casa, espléndida con las antorchas que conducen hasta su porche, la tenue luz de la terraza y la que se cuela por las ventanas, entre la hiedra y los rosales; el pebetero con sus lenguas de fuego, la piscina al fondo, oscura, refleja los colores del cielo; mi jardín con sus rocas, sus olivos y algarrobas; acordes de una guitarra, el tañido de un cajón, la fluidez de las castañuelas y la cadencia del palmeado flamenco; el reconfortante olor a carbón, a jazmín; el alegre tintineo de las copas y de la vajilla que alistan en el comedor.

Constanza alborota su melena, hunde sus largos dedos en ella. Huele a mujer y a ganas perdidas. Nos voltean a ver y ella aprieta mi mano; todas las miradas fijas en ella y percibo la inercia de los aplausos que nadie se atreve a dar. Me detengo, colmado por el encanto del atardecer desde la cima de mi colina con el Mediterráneo que traza el horizonte, y a lo lejos, Formentera y el faro de la Mola. En mi vida he decidido atenerme a la belleza, a veces mosqueado por su peso y sus consecuencias. Y aquí está, en todo su encanto, derrochada en Constanza y en mis invitados. «Venga, cari, que esto es pa' ti», susurra a mi oído.

Las nubes se acoplan en columnas que ensanchan el cielo. Cierro los ojos, siento el aire fresco que huele casi a primavera y escucho el bisbiseo de la gente. Siempre he renegado y, a la vez, añorado la ternura de su murmullo. Los humanos, cachorros eternos, desvalidos, incapaces de sobrevivir desnudos. Nos condenamos en el momento que perdimos el pelo y aprendimos a andar erguidos.

«Che, ¿venís?». Mi Constanza manchega lleva dos décadas haciéndose la argentina después de aquel gran amor de su juventud.

Bebo el primer martini de la noche. *Too dirty*. El segundo con menos agua de aceitunas. Constanza se cuelga de mi cuello. Thiago y Rosella, mis vecinos al otro lado del monte, alaban lo bien que mantengo el bosque. Saludo de beso a los coproductores de mis dos últimas películas, ella tan carnosa, tan vasta, él menudito y un poco amanerado. Brindo con el apuesto director del festival de San Sebastián y con su pareja, el agregado cultural de Italia en España, refinadísimo, de facciones aristócratas. La Premio Reina Sofía de Poesía del año pasado me mira con deseo y remoja sus labios rojo furia en su copa de champán, mientras su marido, un psicólogo paciente y amable, propone un brindis por la dicha de reunirnos todos. Picamos lo de antes, lo sencillo y nostálgico: buen jamón, buenos quesos, almendras tostadas tan difíciles de conseguir. «Son de la isla», escucho a Elena mentir. Aceitunas sicilianas de contrabando, humus hecho con garbanzos comprados en el mercado negro, cacahuetes y anacardos carísimos, impagables. «Lo prohibido sabe más rico». «Lo caro». Me repugnan esos comentarios frente al camarero etíope. Más champán antes de pasar a la mesa y el tono de las voces aumenta.

—Huele a carne —dice Tiago entusiasmado.

Empieza a refrescar y el aire se impregna de ese aroma atávico: nuestra supervivencia siempre ha olido a chuletón y entraña.

—Caza. *Game. Certified organic hunt.* Cenaremos bisonte polaco —anuncio.

—Traído hoy mismo por el cazador —apunta Elena, con el índice izquierdo en el aire y una botella de champán en la mano derecha.

— ¿Y qué vino nos vas a dar? —pregunta mi productor.

—Para mi productor, el mejor —le doy una palmada en el hombro.

Entro a casa. «Guarda esas botellas», ordeno al camarero que alista el servicio para la cena. Amerita descorchar un supertoscano.

—Elena, voy a bajar. ¿Necesitamos algo? —pregunto en la cocina.

—Más garbanzos, que el humus ha volado —responde con medio cuerpo enfilado en la nevera.

—No, más garbanzos no. Quedan pocos y son para nosotros. ¿Quién trajo esos aguacates? —pregunto sorprendido al verlos sobre la mesa del desayuno.

—La señora Rosella.

—Escóndelos. Vaya descaro…

Bajo al subterráneo, mi bóveda de los tesoros. Nuestra arca de Noé, excavada en la roca de la montaña y que replica las

— 33 —

dimensiones del salón, la cocina, el comedor, uno de los dormitorios y su cuarto de baño. Detrás de la puerta corredera se abre el atrio con su grosísima columna al centro, réplica de la que divide el salón en la planta principal y frente a ella luce mi *chaise longue* de Steve Chase, tapizado en mohair dorado. Testigo de tantas charlas, pactos y confidencias de mi círculo más íntimo, sobre él le ofrecí a Constanza su primer protagónico. Sobre él nos besamos también por primera vez, ambos hasta las trancas de la cocaína peruana que traía ella en su bolso. Al fondo, detrás de la columna, un gobelino belga del siglo XVII con la Batalla de Zama, el desenlace de la segunda guerra púnica. Elefantes, caballos, aves fantásticas, querubines y cornucopias rebozando de frutos y flores. Extinta edad de la abundancia. Medio muro izquierdo cubierto por anaqueles cerrados bajo llave con víveres preciosos, especias y objetos de primera necesidad, medicamentos básicos, baterías. La otra mitad del muro recubierta en acero y detrás, el cuarto de refrigeración. La cava, mi orgullo, del lado derecho, protegida por un cristal antibalas. En la esquina izquierda, al fondo, la puerta blindada del *panic room*, la habitación aislada, autosuficiente, impenetrable, con comunicación satelital. Al otro extremo, en el ángulo derecho, unos escalones conducen al almacén donde guardamos más comida, igual de preciada, pero de uso frecuente. Noto la luz encendida. Elena la habrá dejado así. Ahí están sus garbanzos.

La puerta de cristal de la enoteca se cierra silenciosamente detrás de mí y afilo el olfato para distinguir ese aroma a tiempo estancado, a botellas que acumulan años como si fueran polvo. Apilo mis últimas seis de Bolgheri Sassicaia 2028 en una cesta de mimbre y dos de Oreno 2029. De nuevo en el vestíbulo, apoyo la cesta sobre el *chaise longue* y, mientras dudo si subir dos botellas más de champán y quizás algo de garbanzo, un ruido metálico proveniente del almacén me descoloca. «¿Elena?». El ruido se prolonga, como si algo rodase sobre el suelo y al extinguirse deja un silencio profano que me eriza la piel. «Elena, ¿eres tú?». No hay respuesta. En dos ocasiones han entrado a robar. Una de ellas estaba de viaje, la otra de paseo con los perros y, consumido en impotencia, observé desde la distancia como saqueaban mi casa al final de la tarde, con todas sus puertas y ventanas abiertas y las luces encendidas en un violento descaro. A raíz de aquel último atraco decidí construir el subterráneo para proteger lo más preciado: nuestros víveres. Los asaltos se han hecho cada vez más agresivos, amigos de amigos amordazados, obligados a abrir sus cajas fuertes con una pistola en las cienes. Secuestros. «La gente tiene hambre y esto solo va empeorar», llevamos años diciendo.

Palpo inútilmente los bolsillos de mi pantalón en búsqueda del móvil. Retrocedo unos pasos, sin alejar la vista del almacén, resignado a dejarme sorprender por una sombra agazapada. «¿Hay alguien ahí? Tengo cámaras, eh, y alarma, os dejo encerrados hasta que llegue la policía», advierto entre punzadas de adrenalina. Un estruendo de madera, cartón, latas y vidrio me hiela la sangre y siento como si un chorro gélido me enfriase el espinazo. La estantería se ha vencido bajo el peso de algo. O alguien. Un salto largo y estoy al otro lado de la puerta corredera que cierro a llave y subo de dos en dos los peldaños hacia la cocina.

—Hay alguien abajo.

—¿Cómo que hay alguien? —pregunta Elena extrañada y me sigue con una lechuga húmeda entre las manos.

—Alguien ha entrado en casa —digo mientras selecciono la cámara que vigila el sótano, en el monitor del circuito cerrado, a un costado de la nevera.

—¡Jesús! ¿Qué dices?

—¡Sh, baja la voz! —susurro. No quiero inquietar a los invitados.

Me hormiguea la boca del estómago al ver un hombre atrapado en mi sótano.

—Virgen santa, ¡pero si es el cazador! —dice Elena con su cara a pocos centímetros del monitor y los ojos entrecerrados.

—¿El cazador? ¿Estás segura?

—Si yo misma lo dejé acomodando el bisonte en la nevera.

— 35 —

Elena baja tras de mí al subterráneo, yo con el arrojo que me otorgan el champán y la adrenalina. «No vayas a abrirle la puerta, Silvestre, ¡llamemos a la policía de una vez! ¡A la Guardia Civil!», suplica, pero la furia me ha dado un pinchazo certero. Presiono el punzante y el corazón me late en la punta de la lengua con la saliva hirviendo, a punto de espumar. Ahí está, con su rostro de águila, agarrotado frente a la columna, alto y fornido, con los hombros tensos y sus brazos tiesos a los costados.

—¡Ladrón! ¡Es usted un ladrón! —acusa Elena con valentía repentina.

El hombre se encoge aún más. Viste camisa a cuadros, cazadora verde, pantalón negro y botas de piel.

—No señora —responde. Su voz metálica, firme. Visto de cerca parece un cachorro reñido, un cachorro de mastín con ojos hundidos, color arcilla y coronados por cejas tupidas.

—¿Qué haces aquí?

—Una disculpa —alza las manos frente a su pecho y estira sus palmas hacia nosotros—, estaba colgando la carne en la nevera y noté la despensa abierta. Perdonadme, pero tantas cosas que hace años no veía. Quise tan solo coger un poco de chocolate. Para mis hijas.

—¡Estaba robando! —insiste Elena como si necesitase convencerme.

—Fue solo chocolate, señora.

—¿Chocolate? Pues eso es robar, con lo que cuesta… ¡Delincuente! Voy a llamar a la policía —amenaza Elena con su móvil en la mano.

Yo también alzo mis palmas hacia él, imitando su gesto.

—¿Falta algo más? —pregunto a Elena.

—Ay, pues no sé —responde exaltada—, tendría que mirar.

Avanzamos los tres hacia el almacén. Yo por delante, con mis pies emplomados, Elena y el intruso detrás de mí. Disimulo el vértigo de tenerlo a mis espaldas. Temo que nos acuchille ahí mismo, pero la adrenalina y el olor a peligro me tienen intoxicado.

—Santo dios. ¡Mira nomás qué desorden! —un anaquel se ha venido abajo— ¡Mis mermeladas! ¡Ay! La miel, Silvestre. ¡Se estaba comiendo la miel! Voy a llamar a la policía y a la Guardia Civil.

—Fue un bocado de pan con miel —admite él.

—Con la fortuna que le acabamos de pagar por su bisonte, ¿cómo se atreve?

—No alcanza para comprar estas cosas, señora.

—Y entonces qué, ¿las viene a robar?

Mi rabia se diluye en empatía al ver los frascos de miel y mermelada regados por el suelo. Tal fue su antojo que no le importó la cámara del circuito cerrado visible sobre el dintel de la puerta.

—No es necesario que llames a la policía, Elena.

—¿Y si está armado?

—Lo estoy, pero aquí dejo mi pistola.

Elena grita al ver el arma que saca de su cazadora y apoya sobre la estantería.

—¡Jesús! ¡Un arma en esta casa!

—Elena, tranquila, por favor —le insisto. Sus gritos me ponen nervioso.

Cómo se va a tranquilizar, reclama, si ella pensaba que era un hombre decente y ha entrado a casa un ladrón armado. Él se retuerce cada vez que ella pronuncia esa palabra: *ladrón*.

—Déjanos solos, por favor.

—¿Solos, Silvestre? ¿Estás loco?

—Ve a atender a los invitados, por favor, Elena.

Algo en él me engatusa y no logro identificar qué es. Quizás sea mi sentido paternal, tan amodorrado, que finalmente alguien ha logrado avivar: sus niñas, el chocolate que roba para ellas, su deleite por un poco de pan con miel; Winnie The Pooh, el ladrón de miel, sorprendido, asustado. «Winnie The Pooh no carga una pistola, ni caza bisontes, Silvestre», me reprocho a mí mismo.

—Todo está bien, ¿verdad? —pregunto y el hombre asiente con la cabeza— Por favor, hazme caso —le digo a ella—, ahora subo.

Elena se aleja rezongando y él permanece ahí entumido. Noto los dedos de sus manos tatuados: Rosa y Alma.

—¿Los nombres de tus hijas?

—De mi mujer y de mi niña mayor.

—¿Dónde están ellas ahora mismo?

—Mis niñas están en la colonia. En la península.

Un colono. Mis mejillas hierven con la situación que huele, una vez más, a peligro y volteo a ver la cámara sobre la puerta, confiando en que Elena esté frente al monitor. Él sigue mi mirada sin decir nada.

—¿Con tu mujer?

—No, señor. Ella murió.

—Lo siento.

Su mirada delata que es más joven de lo que su rostro machacado podría aparentar. Entre treinta y pocos y cuarenta años, difícil adivinar su edad.

—¿Y quién cuida de tus niñas?

—La colonia, señor.

—No me digas señor. Soy Silvestre.

—Silvestre Alix. Lo sé.

Me inquieta que sepa quién soy. ¿Sabrá quiénes son mis invitados? En las colonias pululan delincuentes peligrosos, secuestradores, células terroristas. «No solo delincuentes», me intento tranquilizar, «también gente que se ha quedado sin un techo, sin otra opción para sobrevivir».

—Ah, ¿sabes quién soy?

—Sí —responde seco.

—¿Y dónde está vuestra colonia? —continúo evaluando la situación.

—Ahora mismo se desplaza hacia el sur, cerca de Tarragona.

Nunca antes había charlado con un colono, esos sujetos que viven en caravanas interminables al margen de la ley. Algunas de ellas constan de cientos de miles de vehículos. Ciudades errantes, plagas humanas, temidas e insaciables.

— 38 —

—¿Y tu nombre?

—Javier Montesinos.

Me inspira confianza que pronuncie su apellido.

—Tengo que volver con mis invitados, pero te propongo un trato —me sorprenden mis propias palabras—, te voy a pedir que te marches y que vuelvas mañana. Podrás llevarle chocolate a tus niñas, miel. Lo que tú quieras. Quiero hablar contigo. Eso sí: te suplico que respetes mi casa.

—No soy un delincuente. Nunca lo he sido —me mira con dureza.

—Te creo. Y, ojo, yo también habría ido directo al chocolate y la miel.

Finalmente sonríe. Su sonrisa me relaja. Dentadura completa, dientes sanos, un poco amarillos, quizás.

—Ni si quiera has reparado en mis vinos.

—El vino lo consigo a cambio del despiece de mi caza. Miel y chocolate: imposible.

Subimos juntos la escalera y le pido que salga por la puerta de la cocina. Me extiende la mano derecha. Al verla recuerdo algo.

—No me dijiste cómo se llama tu hija pequeña.

—Luz —tira de su cazadora para mostrarme un tatuaje en su antebrazo.

—Qué chulo nombre. Todos. ¿Rosa era tu mujer, supongo?

—Así es.

—Luz y Alma. Qué nombres más solares.

—Son mi sol ellas dos.

A ciudades como Roma, Londres, París o Budapest un río las divide en dos y más allá de sus cauces se hallan los barrios extramuros de aquellos que, en algún momento, fueron «los otros»: sus inmigrantes, sus bohemios contracultura, sus leprosos. Madrid reciente es distinto. Ahí, la Gran Vía, con su caudal de coches, ha sido la arteria encargada de romper la ciudad. Esa fractura nunca fue más notoria que durante el año y medio que se prolongó el «gran follón» o «follonazo», aquella invasión de coches que ocupó toda la avenida, el Paseo de Alcalá y la Puerta del Sol.

Inició una tarde, a finales de mayo de 2030, casi como algo espontáneo, como si autista tras autista, sin si quiera haberlo acordado, hubiese decidido frenar en seco a mitad de la calzada. Hasta ahí, hartos, no se movieron más. Parecía no haber un motivo más allá de la locura colectiva y del hastío de la gente. ¿O sería el calor? No tardaron en organizarse. A las pocas horas llegaron más vehículos y aparecieron las primeras pancartas que reclamaban, entre otras cosas, viviendas y subvenciones para enfrentar los costos del recibo de la luz. ¡Techo y aire acondicionado para todos! Lo que al final de la tarde habría sido, si acaso, un centenar de automóviles, hacia la media noche ya se había triplicado y a la mañana siguiente, atiborrados uno contra otro, ocupaban aceras, zonas peatonales y, ante la inactividad de la policía, la propia Puerta del Sol. Llegó el ejército y, días después, los tanques que permanecerían ahí aparcados, también durante meses, contribuyendo a distorsionar el paisaje urbano y a partir la ciudad en dos. Ningún político se atrevía a dar el primer paso, la primera palabra, la primera concesión. Se advertía que aquello iba para largo, pero nadie supo predecir qué tan profundo y definitivo sería su cisma.

El fenómeno se repitió de manera simultánea en París, Bruselas y Berlín. Luego seguirían Milán y Praga. Europa en jaque, con sus capitales maceradas en cólera. Los brotes de violencia no se hicieron esperar: en el caso de Madrid, los manifestantes se adueñaron de los coches propiedad de aquellos conductores que involuntariamente habían quedado atrapados en el follonazo; siguieron asaltos y saqueos a supermercados y negocios de la zona. Las fachadas de la Gran Vía se cubrieron de grafitis que llamaban puta a España. «¡Que arda Madrid!», leía un garabato rabioso en la acera frente al Instituto Cervantes. Prendieron fuego al mobiliario urbano y echaron a las hogueras diccionarios, libros de texto y hasta manuales para sacarse el permiso de conducir. Nunca antes había sentido a la ciudad con tanta ira. La indignación crecía y la sociedad empezaba a dividirse entre *colonos* y *estoicos*, aunque aún no nos reconocíamos como tales.

«Ya el calor hará lo suyo», solíamos decir. Pero el calor verdadero llegó y la gente no se marchó. La alcaldesa tuvo que instalar carpas de enfriamiento en La Cibeles y Plaza de España y en el Parque del Retiro se edificó un pabellón médico para atender las emergencias producidas por los golpes de calor. Los manifestantes caían como moscas sobre el asfalto. En aquel mes de julio, un hombre en París se encerró en su coche a 48°C bajo el sol y en menos de una hora falleció. Su protesta se conoció como «la primera huelga de calor». Siempre he insistido que ese nombre va mal, ya que los sujetos que se someten a ella no se privan del calor, al contrario. Se empachan con él hasta que los mata.

Esa misma ola de calor fue la que mató a mi madre. Llevaba años sin sufrir aquellos desmayos que habían llegado a ser una constante después de la muerte de papá. Aun así bromeaba con que ella prefería salir los viernes, porque los sábados, a veces, se desvanecía. Y en efecto, aquel último desmayo sucedió el sábado 27 de julio de 2030, al terminar de comer. No recuerdo la conversación ni qué hacíamos en Madrid por esas fechas, ya tan entrado el verano. Lo que sí recuerdo es que estábamos de buen humor, disfrutando la sobremesa en la terraza de un restaurante del barrio de Salamanca, a unas calles de su piso. Sentada a mi lado estaba su hermana mayor, mi tía, y ella, mi madre, frente a mí. Al otro extremo de la mesa, entre amistades y familiares, Pilar, mi exmujer, que seguía llamándola cariñosamente «suegra, suegrita», y por quien mi madre conservaba un especial cariño, aunque llevábamos años divorciados.

De pronto, la cabeza de mi madre aterrizó sobre el plato que tenía enfrente. No vi el momento en que se colapsó, solo escuché el ruido de la vajilla. Se descuajó de tal manera y tan repentinamente, que no entendí qué hacía su cara en el plato del arroz, tan bien centrada, tan acomodada en él. Para cuando reaccioné, Pilar ya estaba sobre de ella, instruyéndonos que la recostáramos sobre el suelo con las piernas en alto. «¿Estás con nosotros, Gloria?», le preguntó. «¿Estás con nosotros?».

La volteamos con todo y silla y yo le sujeté las piernas. Alguien preguntó si tenía los tobillos hinchados. Le mojaron la nuca y las manos y mi madre volvió en sí, balbuceando palabras indescifrables. «¿Estás con nosotros, verdad, suegrita?». «Tengo que ir a votar», respondió. Fue lo único que entendí. No había elecciones en puerta. «Tengo que votar», repitió. «¿Volar?», le preguntó el propietario del restaurante, un gallego que le tenía cariño y que intentaba socorrerla haciéndose el gracioso. Al poco tiempo llegó la ambulancia y la trasladaron al hospital, pero no hubo mucho que hacer. Murió de madrugada.

Que fueron los calamares rebozados y el jamón, que fue tanto tinto de verano, que fue aquel último cigarrillo después de un vaso de agua con demasiado hielo; que fue estar en Madrid a finales de julio cuando todas sus amigas ya se habían marchado a

Asturias, Galicia o al norte de Portugal. Al final de cuentas lo que la mató fue el calor. Cincuenta y tres mil novecientas cincuenta y ocho personas murieron aquel verano en España por causas atribuibles a los excesos de temperatura. Cada vez que leía esa cifra en la prensa, pensaba que mi madre era ese último ocho que la completaba. Intenté consolarme sabiéndola como una más. Quise sentirme arropado por uno de aquellos duelos compartidos en los que no hay tiempo para detenerse, esos en los que los minutos no alcanzan para desgarrarse la camisa, en los que no cabe un solo grito de dolor; apenas pudimos deslavarnos el polvo con nuestras lágrimas, apenas pudimos humedecer pañuelos en mocos para hacerlos bolita y esconderlos bajo la manga del jersey o entre los pliegues de piel ácida en un escote sudado.

Funeral, misa y entierro se celebraron en nuestro lado de la ciudad, aunque algunas amistades tuvieron que acercarse desde el otro Madrid. A la ciudad ya no la dividía un río de asfalto, sino un mar de gente brava. Dos semanas después de enterrarla comenzaron los verdaderos disturbios. Rabiosa y resentida, la colonia primogénita española se paría a sí misma y, como si de un monstruo se tratase, reclamaba que la amamantasen con sangre. La primera en desaparecer fue una niña de 12 añitos, le siguieron una pareja de adolescentes, un anciano muy querido por sus vecinos y una madre de familia de 31 años. En plena ciudad se agrietó un vacío sin fondo y las víctimas se esfumaron en ese enjambre de coches que vibraban al unísono, entre fauces de caníbales. Los madrileños exigían explicaciones y reclamaban que policía, guardia civil y ejército se infiltrasen en ese laberinto de hojalata y fibra de vidrio, pero la célula ya era impenetrable. Su caparazón se hacía cada vez más rígido y espinoso. Nunca se logró esclarecer con certeza de dónde surgió aquel primer disparo, pero la fiera despertó, escupiendo bombas molotov y tragándose una lluvia de balazos. Los tanques que llevaban meses aparcados se pusieron en marcha y bajo ellos crujieron cristales y cráneos por igual. Me quise consolar sabiendo que mi madre ya no vería las imágenes de La Cibeles borboteando aguas

— 43 —

rojas. Como si se tratase de un virus, la violencia contagió a las demás ciudades y despertó a sus demonios. Estoicos nos quedamos de un lado y colonos del otro.

Inicio la mañana con un *espresso* —el café, uno de los preciados víveres custodiados bajo llave en el *sottoterra*— y un cigarrillo, puto vicio que retomo y dejo. Lo retomo para constatar mi fuerza de voluntad cuando me decida a dejarlo por enésima vez y demostrarme que aún puedo hacerlo así, sin más, *cold turkey*, de un día para otro. Y para observar como la adicción, poco a poco, se va haciendo de mí. Fumo, también, para ver como el humo baila entre los rayos de sol que atraviesan el cristal de la ventana de la cocina, detrás de la cafetera. Ibiza me enganchó con sus amaneceres que se alzan en anaranjados, rosas, púrpuras y azules, con el mar al fondo, ahí abajo, entre la bruma; a veces hambriento, otras somnoliento y quieto como un enorme espejo. Dos jets del ejército sobrevuelan la isla. No los veo, pero distingo sus zumbidos que vibran en el aire fresco.

Resaca leve por la cena, más que por la bebida. Me excedí con la carne. La mastiqué con rabia para no morderme la lengua. Me excedí, también, con mis palabras. Constanza susurró entre risas al despedirse: «Silvestre, tú solo nos invitas para maltratarnos». Entre bocado y bocado sentencié que nuestra forma de vida era un eterno proyecto de autodestrucción, después de que el director del festival de San Sebastián y su pareja, aquel italiano de facciones aristócratas, nos compartieran la noticia de que esperaban gemelos gracias a un vientre de alquiler holandés.

—Flipo con lo egoístas que son.

—Sh, que te van oír —me dijo Constanza al oído.

—Al menos podrían haberse hecho cargo de alguna criatura huérfana.

—Pero ¿no ves lo guapos que son? Déjalos que usen su esperma para mejorar la especie.

Me preguntó si quería que se quedase a dormir, respondí que no y le di un beso paternal en la frente. Yo había tenido razón: la velada no dio para que le mostrase sus tetas a nadie.

De la noche anterior no noto más rastro que una copa, olvidada sobre el muro de piedra entre el porche y el jardín, con champán tibio y desmayado, y la cera acumulada en el candelabro de pie del ingreso. Les doy a los perros lonchas de la corteza del jamón que cortaron para el aperitivo y me siento a leer los encabezados de los diarios: cuarta noche consecutiva de disturbios en Londres, tres muertos y el primer ministro atrincherado en Downing Street, vehículos calcinados, entre ellos una patrulla que saltó por los aires; París también en llamas y Berlín con el Esprea hinchado y la isla de los museos metro y medio bajo el agua; hambruna en Colombia y en el sur de Madagascar, sequía en Chile —los malditos aguacates—, México con violencia en sus fronteras. India ha prohibido, una vez más, la exportación de arroz basmati y se anticipa inflación alimentaria en Asia y África. Las esclusas de Canal Street se cerrarán y Lower Manhattan será evacuado antes de lo previsto, se prevén manifestaciones de los rebeldes que, como cada año, pretenden permanecer en sus casas. La reina Leonor visita a los damnificados en el País Vasco. *The New York Times* es el único en reportar un nuevo desprendimiento en la Antártica: un bloque de hielo del tamaño de Cerdeña.

El País ha publicado una nota sobre las causas de muerte de Sara Aceves. Constanza mencionó durante la cena que estaban por realizarle la autopsia. Se conocieron años atrás en el plató de una de mis películas, cuando Sara era apenas una adolescente e interpretaba

— 46 —

a su hermana menor. «Necrosis de la pared abdominal, absceso con contenido intestinal, congestión gastrointestinal con múltiples perforaciones, múltiples perforaciones intestinales, perforación en segunda porción duodenal con gran salida de contenido biliar, necrosis isquémica de colon...». Su cirujano plástico ha sido sentenciado apenas a ocho años de prisión por dejarla como escurridor de espaguetis. Siento pena por su marido y sus hijos. Nunca quise volver a trabajar con ella. Me desagradó su sed de protagonismo y las entrevistas que concedió, fuera de contrato, a medios mediocres después del estreno. Me habían irritado incluso sus estilismos vulgares y esa manera de posar en la alfombra roja, como si fuera un perreo. Ahora muerta la pobre, aún tan joven, y yo entronado, en la cima de mi colina, con el sol que anuncia un nuevo día para todos los tercos que nos anclamos a nuestra existencia. Desangrados, pinchados por dentro, con la bilis que se nos escurre entre litros de grasa, colesterol y sangre.

Me preparo un segundo café para llevarlo a mi estudio. Cierro la puerta con llave. *Carmina Burana*: *In taberna quando sumus.* Bebida, apuestas, desorden; riqueza, pobreza y muerte. Nuestras constantes, milenio tras milenio hasta el final de los días. Me coloco el visor.

Sentada en mi diván una mujer madura, con pelo rubio y rizado, entrada en carnes, unas tetas formidables recogidas en un sostén negro, de encaje. Los pechos se le desbordan en pellejos marchitos y abanica sus piernas, las abre, las cierra. Se frota, se acaricia. Me mira, me invita. Agrego una segunda chica, un avatar de la categoría *barely legal (18+)*. Coletas, rostro redondo cubierto de pecas, desnuda, lampiña, sus tetas son apenas un par de pezones hinchados. Tetas de perrita en celo. Me mira. Se miran entre ellas. La mujer mayor la invita a que se siente en su regazo. «Dale leche. Amamántala», ordeno. «¿Tenés hambre, mi amor? Ven aquí, mi nenita». Agrando el tamaño de sus tetas. Desmedidas. Inhumanas, imposibles. Y la nenita se recuesta sobre ella en una construcción de cuerpos que recuerda a la *Piedad* de Miguel Ángel. Ambas

— 47 —

madres igual de absortas en sus propios éxtasis. Leche, quiero ver la leche que brilla en los labios de la niña hambrienta que succiona. Escupo en mi mano y empiezo a masturbarme. Ambas me observan. Yo a ellas. «Rómpele el himen con el dedo». Y la vieja desvirga a su nenita mientras esta se llena la boca de leche caliente y espesa. Sangre en sus dedos. Se los lame y le tiñe los pezones a la nena. Tetitas ruborizadas con la sangre de su coñito que ha dejado de ser virgen. Que le crezca el vientre a la niña. Las tetas. Gesta en el regazo de su madre. Cambian de posición: vagina contra vagina. Y a la nena le crece una mata en el coño. Pelo contra pelo. Enormes tetas que golpetean entre ellas, que escurren leche y sudor. Va a dar a luz y la matrona se bebe las aguas que escurren por las piernas de mi *barely legal (18+)*. Le mete un dedo por el culo, el puño entero y las formas se confunden. ¿Qué entra, qué sale? La niñita se corre, da a luz, se corre. Éxtasis colectivo. Yo también me corro y mi eyaculación, finalmente, me despereza.

Recuerdo aquella noche más calurosa de lo que debió ser. Ya había llegado el otoño y Madrid estaba seco, con la sed bajo la lengua. Los meses anteriores habían sido un embrollo, después de un verano trastocado y triste que se prolongó hasta aquellos primeros días de noviembre de 2016. Apenas logré dormir, con el ordenador sobre la cama, atento, entre pesadillas, a la transmisión en directo de CNN. Uno a uno, los estados del mapa que tenían los corresponsales como fondo se iban tiñendo de rojo. Rojo republicano, rojo sangre. «Y el azul, ¿qué es? El color de la asfixia. Muerte por donde la quieras ver», dijo el amigo que me hospedaba en su piso flamante que aún olía a moqueta nueva, antes de irse a dormir. En algún momento de la madrugada Trump ganó Ohio. Le siguieron Florida, Carolina del Norte y Utah. Me levanté a mear y a través de la ventana vi la luz azulada de un televisor encendido que rebotaba en un salón al otro lado de la calle. La ciudad se percibía inquieta, a punto de mojarse en ansias. Si no recuerdo mal, al día siguiente, después de meses de sequía, finalmente llovería.

Una parte de mí quería que Donald Trump ganara: mi *Schadenfreude* desvergonzada a la que le gusta otear las formas de un cadáver cubierto por una manta al lado de la carretera, o husmear en las vidas de caníbales y padres esperpentos que encierran a sus hijas en sótanos para violarlas y tener más hijas. Quería, quizás, que

— 49 —

la desgracia que ya se sentía venir, nos alcanzara y reclamar, de una vez por todas, mi lugar en la historia como testigo de su final.

Desperté sobresaltado con el cuarto iluminado por la luz del alba. Se me vino encima un sentimiento de culpa por haberme quedado dormido, como si incumpliese mi deber de observar y registrar los últimos albores de la historia. Trump había ganado las elecciones y sería el nuevo presidente de Estados Unidos. A la culpa se le ciñó una irreparable soledad. Pilar y yo llevábamos separados desde julio, después de casi diez años de relación. Nos amábamos, de eso no había duda, pero no lográbamos ponernos de acuerdo a la hora de convivir. La llamé y respondió enseguida. Creí notar en su voz que ella también me necesitaba y los dos nos convencimos de que la situación no estaba para desperdiciar nuestro cariño. Si nos queríamos era nuestra responsabilidad unirnos, casarnos y tener hijos para poblar nuestra casa y regalarle al barrio unos chiquillos alegres, obedientes y bien educados para que jugasen en sus parques.

La fui a ver aún sin duchar, en una de aquellas urgencias que se atienden con ojeras y olor a almohada. Corrí las cinco manzanas hasta el piso que habíamos compartido y donde aún estaban mis cosas. Nos abrazamos, nos besamos y nos pedimos perdón. Hicimos el amor con ternura, con ganas de sabernos el uno del otro. Su boca me calmó, su aliento, su sudor y sentir sus pezones entre mis dedos. Nos convencimos de aquel supuesto compromiso con nuestro cariño y con la humanidad, aún cuando yo ya intuía que la nuestra era tan solo una generación puente entre el mundo conocido, que empezaba a desfigurarse, y este mundo nuevo que, casi treinta años después, aún no sabemos hacia dónde va. Ya sabía yo que nuestra labor, si acaso, era la de documentar el final, la de archivar semillas en la bóveda del archipiélago de Svalbard para que los nuevos humanos —si es que alguien sobrevive— puedan recomenzar. Ya sabía yo que lo nuestro era una necedad, era verter hielos en una olla al fuego para postergar su primer hervor. Lo nuestro iba en contra de la naturaleza, de un plan divino apenas

— 50 —

editado. Nuestra labor, por mucho miedo que causara, debía ser la de precipitar el final. Así que bien por Trump, Kim Kardashian para presidenta y todos a quemar petróleo. Y que el último que quede apague la luz.

Llega a las diez en punto y lo recibo en la terraza de enfrente. Su apariencia es pulcra, con camiseta polo roja y vaqueros. Huele fresco, a jabón y desodorante, con su pelo aún húmedo y la piel de los brazos cubierta por una gruesa capa de vello que destella en dorados. Sus dedos tatuados recorren las grietas de la mesa mientras que con la pierna derecha bombea un acelerador invisible. Que está bien, me dice, que ha dormido bien. Supongo que habrá pasado la noche en el Honda destartalado que aparcó bajo la sombra del olivo. Me pregunto dónde se habrá duchado. ¿Un baño en el mar, quizás? Claro que quiere un café. Elena se lo trae de mala gana, con un panecillo de canela que devora en dos bocados. Al café le pone dos generosas cucharadas de panela. «¿Quieres un poco de miel?». Asiente con la cabeza. «¿Con pan?», le alcanzo la cesta. Sonríe. Algo infantil en su sonrisa, con colmillos prominentes y el izquierdo algo torcido. Me lío un cigarrillo. Le ofrezco, dice que no fuma y me pregunta dónde consigo la miel mientras la escurre sobre una rebanada de pan tostado. Avergonzado, respondo que en el mercado negro, pero eso ya lo sabe. Busca una respuesta más precisa y confieso que la compro a un contrabandista inglés deplorable, pretensioso, obeso, de carnes rosadas como lechón y con acceso a arcas enteras de miel de romero, castaño y espina de Jerusalén.

—¿Y cuánto cuesta?

—No vende menos de cinco litros.

—¿Y cuánto cuestan cinco litros?

—Lo mismo que tres bisontes tuyos.

—Vaya —encoge los hombros y muerde el pan.

La miel carísima da tregua a sus nervios. Pregunto por su edad: 33 años. Y la de sus niñas: 8 y 6. Me dice que nació en Zaragoza en 2009. Hijo único, como yo. Su padre fue carnicero y su madre estetista en El Corte Inglés. Deduzco que ambos han muerto, aunque me resisto a preguntar. Me interesa más su mujer.

—Murió en la epidemia del 37.

—¿Mi3?

—Mi2. Fue de las primeras. Murió en diciembre, en realidad.

—¿Antes de las vacunas?

—Durante el apagón. Ella y al poco tiempo su madre, que la cuidaba.

El apagón de finales del 36, cuando Europa se quedó sin internet a causa del ciberterrorismo ruso. Desinformación, caos, noches eternas en vela y la desesperada búsqueda por radios de onda corta para saber qué era lo que estaba pasando. El *blackout* total duró semana y media, nos dejaron sin móviles, sin ordenadores, vuelos ni trenes, con un sinnúmero de coches inservibles y el sistema financiero por los suelos. Se necesitaron meses para restablecer las conexiones. Me inquieta pensar que haya muerto durante los momentos más críticos, con los hospitales desbordados por el nuevo virus, el sistema tullido por el apagón y el continente entero incapaz de hacer, si quiera, una llamada telefónica.

—¿Ya vivíais en la colonia?

—No, en Zaragoza. En casa de su madre. Al morir, los hermanos decidieron vender la casa y yo me uní a la colonia con mis hijas.

Me surgen tantas preguntas.

—Estoy vacunado —asegura ante mi silencio.

—¿De qué otra manera irías a Polonia a cazar?

—Los pasaportes sanitarios se consiguen en el mercado negro y cuestan mucho menos que un frasco de miel.

—¿Tus hijas están vacunadas?

—Sí, las dos.

Me vienen a la mente imágenes de redadas militares a colonias *no-vax* en Francia para obligarlas a vacunarse y la dramática, violenta y radical represalia que tuvieron como consecuencia: un científico, empleado de Pfizer, una mujer policía y un juez guillotinados por masas rabiosas en un suburbio de Marsella.

—¿Te puedo preguntar cómo es la colonia?

—¿Cómo es qué de la colonia?

—La vida diaria, el acceso a las vacunas —noto su incomodidad—, se habla tanto de las colonias, pero nunca había conocido a alguien que viviera en una.

—¿Nunca? Lo dudo. Vivimos en mundos muy distintos, pero con puntos de intersección, como este.

—¿Cazador y cliente?

—Cazadores, jornaleros, camareros, cocineros, mozos. Trabajadores de temporada que nos cruzamos constantemente con vosotros. Es cierto que aquí en Ibiza no hay colonias, pero los colonos sí que llegamos hasta aquí.

Violadores, secuestradores, hackers, delincuentes, pienso, consciente de mis prejuicios.

—¿Nosotros?

—Los estoicos.

—Vosotros, los colonos nómadas, y nosotros los estoicos sedentarios —recapitulo.

—Sedentarios, privilegiados.

De nuevo esa palabra.

—Una manera bastante burda de dividir a la humanidad.

—Una de muchas... Blancos, negros; hombres, mujeres; agua con gas, agua sin gas, Coca Cola normal o Zero... ¿Qué quieres saber exactamente?

—Cuéntame de tu colonia —le pido, mientras extingo mi cigarrillo en el cenicero.

—Pues hay colonias y colonias. Algunas de ellas, las que ensucian nuestro nombre, son pelotones de maleantes que viven al borde de la anarquía. Hay otras, como la nuestra, que son un vehículo de supervivencia, familias que han perdido sus casas o que nunca se han podido permitir una. Honradas y trabajadoras. Nos desplazamos según las necesidades laborales. Vamos hacia la cuenca del mediterráneo durante el invierno y nos acercamos a los Pirineos en verano. Procuramos educación para nuestros hijos...

—¿Y tú te ausentas para cazar?

—Sí. Soy centauro.

—¿Centauro?

—Así nos llaman a los que entramos y salimos de la colonia, pero mantenemos nuestra casa en la caravana. Yo pago mi cuota esté o no esté.

—¿Y qué garantiza esa cuota?

—Nuestro lugar en la caravana, protección, la educación de mis hijas. La nuestra tiene tres furgonetas médicas que atienden necesidades básicas.

—¿Que administran las vacunas?

—Que administran las vacunas.

—Ahora que no estás, ¿quién conduce vuestro coche?

—Nuestra *casa* —aclara—. Los vecinos de célula. Las niñas duermen ahora mismo con ellos y usan nuestra *casa* como almacén.

Célula, estoicos, centauros... Tan lírico el vocabulario de las colonias, como, según descubrí al escribir un guion, el que se emplea para documentar erupciones volcánicas: enjambres sísmicos, actividad estromboliana, jameos, coladas y lenguas de fuego. Colonos y volcanólogos, poetas inesperados del fin de los tiempos.

—¿Y ese coche? —señalo su Honda. No esperará que lo llame casa...

—Lo aparco en un polígono de Barcelona. En la nave de un colega que también es cazador. En la colonia, aunque el espacio de habitáculo es muy preciado y escaso, mientras menos casas haya, mejor.

Mi curiosidad va más rápido que el orden de mis ideas. ¿Cómo viaja? ¿Cómo transporta sus matanzas en ese Honda? ¿Cuántos bisontes a la vez? ¿Cómo se ha hecho con la licencia? ¿Con el certificado de caza orgánica?

—¿Te apetece algo más?

—¿Por qué tu interés? ¿Quieres hacer una película sobre las colonias?

—Hombre, hay muchas historias que contar, sin duda.

—Somos un fetiche… las colonias.

Siempre las he imaginado como *Mad Max* y, a decir verdad, las imágenes que circulan en redes no se alejan de aquella visión: polvorientos convoyes interminables de coches destartalados que se desplazan de ciudad en ciudad, modificados como viviendas con todo tipo de añadiduras —redes, hamacas, bultos, jaulas con cerdos, gallinas, algún burro trotando al lado de los vehículos—. Pueblos, ciudades nómadas que acechan a las poblaciones de estoicos. Recordar que su llegada se teme como la peste me inquieta momentáneamente. Unas más organizadas que otras, las colonias han puesto en jaque a los gobiernos. En Alemania y Francia empiezan a convertirse en verdaderas fuerzas políticas. Falta poco, apuntan algunos analistas, para que de entre ellas emerja una nueva clase política. Quizás un día serán ellos los que nos gobiernen a todos.

—¿Siempre has sido cazador?

—Oportunista.

La Real Academia Española incorporó una nueva acepción al significado de esa palabra años atrás. A la definición original de oportunista como «aquel que se aprovecha al máximo de las circunstancias sin tener en cuenta principios ni convicciones», se añadió la traducción del término *opportunity worker*, que comenzó a utilizarse al final de los años veinte para describir a los individuos que cambian de trabajo según las necesidades más imperantes, pautadas por las restricciones sanitarias o las guerras. La aspiración de esta fuerza laboral es encajarse en el sector de primera necesidad y permanecer ahí, saltando de oportunidad en oportunidad según los distintos infortunios.

Cajeros de supermercados, personal de seguridad y limpieza, servicio de transportes y un largo etcétera de actividades esenciales que requieren de una cualificación mínima pero, sobre todo, garantizan empleo. Pandemia tras pandemia, guerra tras guerra, al vocablo *oportunismo* —u *oportunista*— se le ha despojado de aquel sentido peyorativo para otorgarle una connotación meramente laboral.

Me gustaría preguntarle por los otros trabajos que ha realizado, o que aún realiza, pero noto cómo su pierna bombea el aire cada vez con más fuerza. Hombres como él me intrigan. Siempre me he esforzado por replicar esa expresión del macho ibérico de porte digno, piel sana, brazos macizos, tórax amplio, presencia atlética y evidente pulcritud que le dan aire de buena persona. La polo que viste, lavada cientos de veces, se descuelga con gracia de sus hombros y sus vaqueros gastados se ciñen a una cadera fuerte.

Está pendiente el asunto del robo del día anterior.

—Bueno, y sobre los chocolates…

—Me dejé llevar… —interrumpe.

—No te preocupes.

—Es que no soy un ladrón.

—Te tengo una propuesta, escúchame.

Alza las cejas y noto lo largas que son. Parecen antenas que alcanzan a rozar el tupido mechón que cubre su frente.

—Estoy buscando a alguien que nos ayude aquí en casa.

—¿Que os ayude a qué?

—Para iniciar, quisiera agrandar el gallinero. Tengo una pareja de palomas que vive con mis gallinas. Ya se han acostumbrado, pero me gustaría construirles un anexo en el tejado del gallinero. La puerta esta desvencijada y habría también que cambiar algunos tableros que se han consumido con tanta mierda de gallina.

—¿Sois solo vosotros dos?

—Sí, Elena y yo.

—¿Y quieres que yo lo haga? ¿Me estás ofreciendo trabajo?

—Bueno, es algo muy puntual. ¿Podrías? ¿Te interesa? —insisto ante su silencio.

—Es que no me esperaba esto... ¿Por qué yo?

—Porque estás aquí, porque sé que necesitas trabajo y yo necesito alguien que nos ayude —tan fácil, doy a entender.

—¿Después de lo de ayer?

—Después de lo de ayer. Podrás compensarlo aunque, mira, la verdad, yo no te voy a juzgar por coger un poco de miel y chocolate, Javier. Si empezamos así, ¿dónde vamos a acabar? Unos días aquí en casa y podrás llevarle ambos a tus niñas. Te pagaré en dinero y víveres.

—¿Cuánto en dinero?

Hace bien en preguntarme.

—Medio bisonte al día —es una suma más que generosa.

—¿Tres cuartos de litro de miel? —sonríe.

Apenas hace unos 10 años, a principios de la década de los treinta, cuando los meses de julio y agosto ya se habían convertido en los días de incendio que son hoy, entendí de una vez por todas que nunca fue el verano lo que me gustó. Lo que había siempre gozado, en realidad, era su anticipación, que no es lo mismo que la primavera de por sí, ya casi inexistente: los primeros días descalzo, el primer baño en el mar, la primera ensalada de tomate y cebolla, la primera sandía comida de pie, a cucharadas frente a la ventana de la cocina, la primera fiesta de Marie Louise Sciò en uno de los hoteles que posee su familia en Italia y con la que oficialmente iniciaba el desparpajo estivo. Aquel año había invitado a Constanza a que me acompañase a la Posta Vecchia, el hotel de los Sciò en la costa mediterránea al norte del aeropuerto de Fiumicino, cerca de Roma, para un fin de semana de festejos. Era mayo, nuestra segunda película estaba a punto de estrenarse en Cannes y nosotros llevábamos semanas embriagados en un enamoramiento que, a momentos, nos tenía entusiasmados.

Nuestra anfitriona nos instaló en la suite que alguna vez fuese el dormitorio de Paul Getty, antiguo propietario de aquella fortaleza frente al mar. Había sido él quien ordenó desenterrar los mosaicos romanos en el subterráneo, restauró sus jardines y colmó salones, pasillos y recámaras con una colección de muebles renacentistas que arrastraron consigo un buen número de fantasmas. De aquellos espantos que te obligan a creer, a reconocerlos ahí, olvidados por el tiempo, acurrucados entre sombras y desvaneciéndose tan poco a poco. No fue la primera vez que una de esas presencias me impedía dormir, aunque nunca antes se había materializado con tanto ímpetu: algo se nos subió a la cama de madrugada y tiró de mí con tal fuerza que me desperté gritando, aferrado a las sábanas en el borde del colchón.

Felipe VI murió esa misma noche. Nadie pudo salvarlo del cáncer de páncreas que se lo comió vivo. Los demás invitados nos dieron las condolencias durante el desayuno como si fuésemos de la familia real. A Constanza le molestó. «Basta con la monarquía», dijo con la punta de un cruasán en la boca, «yo estoy, además, demasiado buena para ser una Borbón». Era verdad, estaba en su mejor momento, había dejado de ser una jovencita para finalmente saberse mujer, sin entregarse aún a las cirugías. Me resultó inevitable comparar la muerte del rey con la de Isabel II, la última monarca europea que había fallecido en el trono, una década atrás. En aquella ocasión, al ver los funerales televisados desde Londres, supe que presenciaba algo que nunca más se repetiría, como el último vuelo de la abeja años después en aquel jardín inglés. Monarquías que sucumbían y que se llevaban consigo eras enteras. La pompa con la que Reino Unido despidió a su regente era algo que la humanidad nunca más volvería a convenir. Se acababa una época mucho más larga que su reinado: una historia milenaria de reyes y reinas llegaba a su fin. El funeral de Felipe VI sería austero, acartonado, con esa tradicional caspa tan nuestra y su viuda, irreconocible, con un nuevo rostro esculpido para la ocasión.

Después del desayuno, Constanza y yo nos encerramos en el cuarto con la cama aún sin hacer, las ventanas abiertas y sus cortinas al aire. Acomodados en el sofá y con su cabeza sobre mis piernas, nos dispusimos a responder el cuestionario de Proust que me había enviado el editor de la revista *Vanity Fair*. «No pueden ser respuestas frívolas, quizás lo publicarán en un número dedicado al rey.» Constanza abrió la boca, sacó su lengua como la de los Rolling Stones e hizo ademán de masturbar su pene imaginario.

—¿Cuál es tu idea de la felicidad perfecta? —leí en voz alta una de las preguntas del cuestionario.

—Estar entre mis tetas, ¿no?

—Poner mi rabo entre las tetas de Constanza Esteban. Siguiente pregunta: ¿principal rasgo de tu carácter?

—¡Hincha pelotas!

—Testarudo e inquieto —tecleé en mi tableta—. ¿Qué cualidad aprecias más en un hombre?

—Yo el rabo —dijo y giró su cara hacia el mío.

—Para ya, necesito enviar esto. Ayúdame. ¡La calma! —escribí— ¿Y en una mujer? —continué leyendo.

—La iniciativa —dictó ella mientras abría la cremallera de mi pantalón.

—¿Tu principal defecto?

Constanza liberó mi erección y volteó a verme con mi pene entre sus manos. Olí el mar; escuché sus olas que reventaban al otro lado de los muros de la fortaleza y el ruido de la vajilla del desayuno que los camareros recogían en la terraza de la planta baja. Besó mi glande y yo quise sentirme feliz. Entendí, en ese momento, que no era ni el final del invierno, ni la primavera; era, precisamente, esa gloriosa anticipación del verano: un trozo de abril, mayo y algunos días de junio, hasta que el termómetro lo permitiera, hasta que la efervescencia de la gente le dejara existir. Luego llegaría el verdadero verano, embustero y sofocante. Constanza me rodeó con sus labios. Yo cerré los ojos y pensé en lo que realmente diría si nadie me fuera a leer: mi principal defecto son las pocas ganas de vida que tengo, mismo con Constanza Esteban comiéndome el rabo. Respondí las siguientes preguntas en mi mente y de tirón. ¿Tu ocupación favorita? Pensar en mi muerte. ¿Tu ideal de felicidad? Morir. ¿Qué te gustaría ser? Un muerto, como el rey. ¿La flor que más te gusta? El jazmín por su perfume. ¿Qué hábito ajeno no soportas? Que hagan ruido con la boca, ruido al respirar. Ruido con los cubiertos contra el plato o al chocar el tenedor con los dientes. El ruido que ciertas bocas hacen al comerse un rabo. No la tuya, Constanza. Tú eres pura melodía. ¿Qué es lo que más detestas? La vida. ¿Qué virtud desearías poseer? Valentía. ¿Cuál es el estado más común de tu ánimo? La nostalgia.

A pesar de mis divagaciones logré correrme en su boca. Constanza se tragó mi esperma, me besó los labios y susurró que me quería. Yo no supe responder más que con morderle los labios con ternura y abrazarla hasta que se quedara dormida.

Elena me mira atónita cuando le pido que le muestre a Javier dónde instalarse. La ignoro y me encierro de nuevo en mi estudio. Llamadas con Madrid y París. «El mundo sigue girando», dice mi agente desde el *sixième*. Recién vuelve de pasear a su Jack Russell viejo y malhumorado, por los Jardines de Luxemburgo. La imagino en toda su caótica elegancia, con vaqueros pitillo, camisa de seda y esa cualidad andrógina que la hace tan atractiva. Mientras hablamos, a unos kilómetros de su oficina, al otro lado del Sena, La Bastilla vuelve a arder en llamaradas históricas.

Contrario a lo que en su momento imaginé, fueron muchos de mis amigos los que terminaron quedándose a vivir en las urbes, en la primera línea de fuego, cerca del conflicto, de las protestas, de los ataques terroristas y los focos de infección de las pandemias. Pensé que uno a uno abandonarían las ciudades para buscar refugio en lugares más protegidos, como en los Alpes suizos, los Pirineos, la Patagonia, la Selva Negra o aquí, en las Islas Baleares. Pero no. Así como ella, otros amigos y conocidos prefirieron plantarse en los barrios de siempre, como custodios de un linaje diluido, aguado.

—Con la casa que tienes en Menorca, no entiendo por qué no vives ahí —insisto por enésima vez.

—Aquí está mi vida, Silvestre.

Ella sin hijos, soltera hasta bien entrados los cuarenta, mitad española, mitad francesa. Confieso que experimenté la noticia de su casamiento como una traición, como si abandonase la cofradía a la que habíamos pertenecido los dos por tanto tiempo, la de los eternos solteros y la logia de nuestros perros. Su vida está en la *rive gauche,* tiene razón. Menciono la anécdota de un colega cineasta austriaco y viejo amigo en común: durante la Segunda Guerra Mundial, los nazis confiscaron las posesiones familiares, incluidos dos imponentes edificios de Otto Wagner que aún engalanan la Linke Wienzeile en Viena. Una vez acabada la guerra, su abuelo y su tío abuelo, despojados de toda dignidad y con su humanidad hecha harapos, no supieron hacer otra cosa que alzarse, sacudirse el polvo y regresar a su ciudad. A casa o, más bien, lo que quedaba de ella. Ahí estaba su memoria y a ella tenían que volver.

—Cuando amanece, uno siempre quiere volver —apunta ella.

—¿Acaso ha amanecido?

—Corrijo lo dicho. En la oscuridad de la noche hay descontrol y los canallas se arman de valor para hacer de las suyas. Pero con la noche viene también la luna, las estrellas, los encuentros… La luz puede ser más aterradora, escúchame bien, porque deja desnuda a la realidad. Vivimos tiempos jodidos, sí, pero no por eso estamos en la obscuridad de la medianoche, que tan maravillosa puede ser. Si algo echo de menos son las noches de antes, las que venían con fiesta, con copas, con promesas incumplidas de dejar de fumar. Con sexo…

Como el resto de mis conocidos que ha decidido permanecer en las ciudades, ella se las arregla para evitar la revuelta del momento y llegar más o menos puntual a sus cenas en casas de amigos o en restaurantes y locales acorazados, dotados de sistemas de protección antidisturbios instalados por empresas de seguridad privada que se han convertido en multinacionales de peso gordo; se las apaña para conseguir buen pan, buena mantequilla, café e incluso aguacates para los momentos más desvergonzados. Los contrabandistas abastecen sus caprichos echando mano del mercado negro, uno de los puntos de intersección a los que se refería Javier.

Repasamos las historias de cuando los racionamientos de alimentos eran eso: historias, realidades de otros tiempos —las grandes guerras del siglo XX— o de otras latitudes —Venezuela, Cuba, Afganistán—. Realidades, perdóname, mujer, por emplear de nuevo esa metáfora, más *oscuras*. No de nuestro primer mundo que creíamos tan resuelto, tan confiable y tan para siempre, con nuestros políticos bien tostaditos por el sol desde mediados de mayo y tanto tobillo desnudo en junio, julio y agosto. Pero llegó la guerra, luego la gran guerra y las carencias finalmente nos alcanzaron, los veranos se volvieron insoportables y aquella ilusión se desmoronó a una velocidad apabullante.

—Aunque, en realidad, la escasez nos habita a todos de distintas maneras —comento.

Mi agente y yo hemos hecho hábito tener conversaciones de este tipo, como si necesitásemos, quizás, algo para asir y fomentar nuestra curiosidad, para protegerla y, de cierta forma, recordar por qué, a pesar de las guerras, las pandemias y la emergencia climática, la gente sigue yendo al cine. Y así, antes de pasar a los temas prácticos, a las negociaciones y los acuerdos, yo intento convencerme de que, quizás, ver la ficción en pantalla ayude a alguien a sobrevivir este mundo de cataclismos. Así que, después de debatir sobre momentos de luz y de sombra, finalmente me pregunta por el avance de mi siguiente guion.

—Estoy en ello.

—Me encantaría leer un avance, debe ser genial.

No me gustan sus halagos. Suenan forzados y le diezman lo potente que pueden ser.

—Nada que mostrarte aún, pero quizás me puedes ayudar. Necesito contactar con Kurt Kersey.

—¿Y ese quién es?

—El magnate texano que rescató dos docenas de mamuts de aquel experimento fallido, ¿recuerdas? Y los llevó a su rancho en Islandia.

—*A Texan billionaire?* ¿Y para qué te sirve?

—Quiero ir a ver a sus mamuts.

Silencio. Su mente se habrá encaminado por los pasillos de los documentales de protesta, activismo, justicia climática que más de una vez le había propuesto para, al final, decantarme siempre por la ficción.

—¿Quieres hacer un documental sobre mamuts?

—No, no. Quiero hablar con él. Necesito ver a esas bestias.

—Pues seguro le podemos contactar. Te digo algo. Pero ¿por qué los mamuts?

Apenas colgamos logro articular en mi mente la respuesta a su pregunta y anoto algunas ideas en mi cuaderno: el mamut, un ser prehistórico, extinto como símbolo fallido de ese futuro que se nos descaminó; la noble idea de revivir el pasado más remoto para salvar a nuestra especie; ¿podemos rescatar el pasado? ¿Hay marcha atrás? En los mamuts convergen pasado y futuro, ambos son un fracaso colosal. Colossal Genetics.

El vídeo —con casi cien millones de reproducciones en YouTube— muestra a un mamut macho solitario frente a un río gris y caudaloso, con un cielo cubierto de nubes opresivas que achatan el paisaje. Está filmado desde la distancia, pero sus resoplidos de monstruo se alcanzan a oír. Se desplaza sobre la hierba con paso pesado y lento. Primero hacia la cámara, se detiene y, por un instante, aunque la calidad de la imagen es baja, parece percatarse de su presencia, para después girarse y retomar su camino, esta vez paralelo al río. Sus colmillos son potentes, majestuosos, largos y curvados hacia arriba. Los más grandes que he visto, quizás. Su lana se percibe densa, humeante. La imagino poblada de ácaros, parásitos, pájaros que comen los ácaros y los parásitos; toda una micro biosfera que habita arranada en su pelaje. Justo en el momento en que vira, despliega toda la longitud de su trompa, la sacude en el aire; hacia arriba, hacia abajo, la columpia. El mamut se deja ver en toda su magnitud: sus orejas —mucho más pequeñas que las de un elefante—, su lomo monumental, sus vastas nalgas y la caprichosa curvatura de sus colmillos. Avanza doblando las rodillas, las alza y su cola ondea con una gracia inesperada para la tosquedad de aquella bestia. La filmación se interrumpe para después volverlo a mostrar, solo que esta vez, detrás suyo, al otro lado del río, hay una cabaña de madera pintada de blanco, de dos plantas, borrosa e igual de fantasmagórica que el propio mamut. La chimenea humea e imagino a una mujer que se prepara un té en su cocina; al fondo el chasquido del fuego, el ruido de la radio y, cerca de ella, un gato que maúlla y se restriega contra sus piernas. A través de la ventana, empañada por el calor de hogar, descubre a la bestia que camina al otro lado del río, a escasos cien metros de su casa. ¿Se sorprende? ¿Será la primera vez que lo ve? ¿O será igual de habitual que ver un oso grizzly frente a la casa en algún lugar remoto de British Columbia? Su perro gruñe y olfatea ansioso por debajo de la puerta. Los gruñidos se intensifican, ladra y rasca la puerta reclamando que le deje salir. ¿Lo hará? ¿El mamut se habrá ya habituado a los ladridos? ¿El perro al fuerte olor del mamut? ¿A sus excrementos colosales? ¿Alguna vez habrá vuelto a casa después de revolcarse en los veinte kilogramos de esa inmensa mierda? ¿Qué memorias conserva el mamut en su ADN prehistórico? ¿Reconoce en el perro a sus ancestros los lobos? ¿Al dientes de sable en algún gato montés, en un puma? ¿Qué hacen las bestias de todo esto? ¿Qué memorias anidan en las puntas de sus narices? La mujer lo mira, apaga la radio y riñe al gato que corre a esconderse bajo el sofá. Necesita silencio para excarcelar sus emociones. Sale al porche sin ponerse la chaqueta y deja al perro encerrado que ladra histérico, aúlla, pero el mamut no se inmuta: sigue su paso, pesado y lento. Sin sentir el frío que le eriza la piel, la mujer inhala con fuerza, con más fuerza aún y exhala un suspiro. Sus lágrimas la sorprenden. Vibra y posa la mano derecha sobre su pecho. El corazón le late con fuerza. La palma de la izquierda la dirige hacia el mamut, en reverencia. Y agradece emocionada el paso del mamut.

Paso el resto del día a solas en mi estudio, investigando sobre los distintos significados atribuidos al mamut, desde los tiempos en que nuestros antepasados convivieron con su especie e imprimo varias fotografías de las bestias lanudas que cuelgo del muro frente a mi escritorio. Escribo, siempre, girado hacia él y con la ventana a mis espaldas, porque solo así logro concentrarme.

Para los antiguos humanos, el mamut representaba sabiduría, resistencia y buena fortuna. La caza de mamut, según interpretaciones arqueológicas, fue la actividad primordial de numerosas tribus del paleolítico. Nos comíamos su carne, nos vestíamos con su piel y empleábamos sus huesos tanto en la fabricación de herramientas, chucherías y amuletos, como en la edificación de viviendas. Así lo demuestra una estructura de la Edad de Hielo descubierta en Kostenki, quinientos kilómetros al sureste de Moscú, para la cual se utilizaron las osamentas de unos sesenta ejemplares. Luego vino el mito. Recuerdo las litografías de mi infancia: un puñado de cavernícolas armados con lanzas enclenques al acecho de la gran bestia. Matar al mamut afianzó nuestra virilidad y nuestro supuesto dominio sobre el resto de la naturaleza, hasta que tormentas, ciclones, incendios, huracanes, plagas y sequías nos dejaron bien claro que ella siempre ha sido la que manda. Ante tal apocamiento, no se nos ha ocurrido otra cosa que evocar de nuevo al mamut. Esta vez para resucitarlo. En cualquier caso, Harvard y Colossal Genetics no han sido ni los primeros, ni los únicos, en reinsertar al mamut en la alegoría popular. El artista británico Damien Hirst bañó con oro de 24 quilates el esqueleto fosilizado de una hembra para *Gone but not Forgotten*, su escultura que, enclaustrada en una vitrina climatizada, lleva tres décadas como trasfondo de bodas y maratones de bronceado en un hotel de Miami Beach. Está también Manfred, o Manny, el personaje bonachón de *Ice Age*, la serie de películas animadas, que ha terminado como peluche entre las almohadas de camas infantiles por todo el mundo. Encuentro un dato curioso que me provoca cierta simpatía: el mamut fue el estandarte de un proyecto fallido de aeropuerto alterno para la Ciudad de México, después de que, durante las excavaciones para los tanques de combustible, se encontraran los restos de varios ejemplares. Reparo en la ironía de utilizar al pasado remoto como emblema de poder, lujo, amor eterno y, sobre todo, de un ansiado progreso.

Elena me trae una minestrone y un bocadillo de queso que apenas toco. A media tarde recibo un mensaje de mi agente: ha logrado comunicarse con la asistente del magnate texano. Me propone escribir una nota que le harán llegar; le pregunto si sabían de mí. «No», me dice, «y quizás tampoco sepa su jefe». «No importa, le escribiré». Y lo anoto en mi lista de pendientes. Ya empieza a oscurecer cuando, finalmente, cierro el ordenador y me pongo de pie, con este puñetero ramalazo lumbar.

Apenas abro la puerta del estudio distingo la risa de Elena y un aroma a carne sudada, paprika, comino y clavo que me recuerda los inviernos en Viena, donde Pilar estudió el doctorado. El tiro de la chimenea silba y su fuego hace cabriolar las sombras por los muros. Elena está sentada en un taburete, con los codos apoyados sobre la mesada y una copa de vino tinto en la mano, mientras Javier, descalzo frente a la estufa y con un trapo colgado al hombro, supervisa un guiso. Le han bastado unas horas para conquistarla. Me alegro.

—Qué bien huele.

Los he sorprendido. Ella tiene ya las mejillas coloradas por el vino.

—Pues aquí, Javi, que ha insistido en prepararnos la cena.

—¿Y qué vamos a cenar, Javi? —reparo en el diminutivo de Javier. Sin excepción, todos los Javis que he conocido han resultado buenas personas.

—Goulash —responde él con una sonrisa orgullosa.

Hace años que no lo como. Para Elena es una novedad. Me sirvo una copa de vino y brindamos. «Por el vino», digo. «Por el vino».

—Es una receta húngara.

—¿Goulash de bisonte?

—Eso es. Hoy va a estar bueno y mañana mejor —me da a probar con una cuchara de madera.

—El postre sí que es mío, eh —apuntala Elena.

—¿Y qué nos hiciste?

Buenísimo. El goulash está buenísimo.

—Tarta de Santiago con muchísima almendra y endulzada con miel.

—Madre mía, ¡estamos de fiesta! Supongo que lo de la miel es por nuestro invitado…

—Es que da gusto ver cómo disfruta Javi —dice Elena contenta.

—¿Te vamos a llamar Javi de ahora en adelante?

Nos desenvolvemos con familiaridad, recién desembarcados en esta nueva cotidianidad. Ayudo a Elena a poner la mesa. Quiere usar servilletas de papel, porque dice que el goulash mancha. «Pues se lavan, mujer». Javi se desplaza entre nevera, estufa y fregadero como si conociese mi cocina desde siempre, echando mano de distintos utensilios y revolviendo los cajones. Me gusta que hurgue en el congelador, que viva mi casa, que habite sus espacios. Pregunto, guiñando el ojo, cómo ha hecho para ganársela en tan poco tiempo.

—Ha reparado el anaquel que rompió, cortó leña para la chimenea, me ayudó con la cena, me mostró fotos de sus nenas —enumera Elena.

Javi estira la boca hacia los lados, fingiendo vergüenza. Relleno nuestras copas y nos sentamos a cenar. Es uno de los mejores goulash que he probado, ligeramente picante con su caldo bien espeso, acompañado de patatas ibicencas y crema agria que me sirve con su cuchara. Noto sus antebrazos robustos, con los músculos cubiertos por una protuberante red de arterias y el vello que se riza en un remolino debajo de sus muñecas.

—¿Conocéis la historia de Jacob y Esaú? —pregunto.

—¿Otro pasaje de la Biblia? —reclama Elena— Últimamente le ha dado mucho por ahí —susurra a Javi detrás de la servilleta.

—Sí, del Libro del Génesis.

—No, no lo conozco —responde Javi atento.

Jacob y Esaú eran los hijos gemelos de Isaac y Rebeca. Esaú, el primogénito agreste y viril, se convirtió en un gran cazador, mientras que el menor, Jacob, el predilecto de Rebeca, que había emergido de su vientre aferrado con la manita al talón de su hermano, resultó ser un hombre hogareño. Ya anciano y ciego, Isaac mandó llamar a Esaú para pedirle que cazara una bestia y le preparase uno de esos guisos rojos que tanto le gustaban. «Comeré y luego te bendeciré ante Yahvé antes de morir». Rebeca escuchó la promesa de Isaac y corrió a advertir a Jacob. Aquella bendición tenía que ser para él, así que le instruyó matar dos cabritos del rebaño para que ella preparase el guiso que tanto ansiaba su marido. Jacob vio un inconveniente: Esaú, su hermano guerrero, era un hombre peludo, mientras que él, lampiño. Su padre se percataría al tocarlo. Pero Rebeca insistió. Así que Jacob acató las órdenes de su madre; ella preparó los guisos, vistió a Jacob con las mejores ropas de Esaú y le cubrió brazos y cuello con los pellejos de los cabritos. Así se presentó él frente a Isaac: «padre mío, soy Esaú, tu primogénito».

—¡Javi es Esaú! Con su caza y su guiso rojo —interrumpe Elena.

El goulash es rojo, sí, grasiento, y ha dejado sobre mi plato un charco en el que sopeo un pedazo de pan. Javi es, efectivamente, peludo como Esaú. Envidio ese vello, yo tan lampiño y desprotegido. Yo tan hogareño, tan impostor. Se sonroja cuando señalo lo densa que es la mata que cubre sus antebrazos.

—Sí, bueno. Así soy…

—Cuadra muy bien con tu personalidad. Te envidio. Vosotros los peludos sois los proveedores, los alfa. Nosotros lampiños somos los débiles, la estirpe frágil de nuestra raza.

—Soy un hombre de las cavernas, quizás.

—Ese soy yo —reclamo—, mi ADN tiene más genes de Neandertal que lo normal. Tú, en cambio, seguro que eres un *sapiens* purasangre.

Aquella fue una de las curiosidades que descubrí con el test genético que realicé muchos años atrás. Sentí ternura por mis antepasados prehistóricos. Alguna trastatarabuela cabezona, de frente huidiza, tórax ancho, silueta cuadrada y extremidades cortas; raptada, la pobre, por una pandilla de *sapiens* que la dejaron preñada. Su hija habrá crecido entre los Neandertales, quizás en el sur de la Península Ibérica durante el último albor de su especie, hace cuarenta mil años, y encontró el amor con uno de los suyos, reforzando nuestra genética Neandertal. Y de ahí vengo yo.

—Fascinante, ¿no?, que hayan convivido más de una especie de humanos al mismo tiempo en la Tierra —dice Javi.

—La humanidad se está desgajando en subespecies una vez más, por culpa de la ciencia, la tecnología, la genética, los implantes biónicos... Tanto se dice que los primeros individuos amortales ya están entre nosotros —comento.

—¿Inmortales? —pregunta Elena.

—No, a-mortales. La inmortalidad es divina. La muerte es un derecho exclusivo de nosotros humanos. La inmortalidad existe solo para los dioses y aquellos pocos como Adriano y Antinoo, Calígula, Cleopatra, Jesús, Mozart, Elvis Presley, Marilyn Monroe..., hombres y mujeres que han trascendido su propia vida, que sobreviven en su amor, su locura, su deseo, fe, música o en el movimiento de sus caderas. Pero, por mucha ciencia que haya detrás, un accidente siempre podrá matar a un humano, aunque su organismo no envejezca y sea inmune a las enfermedades.

—Están los *amortales,* estoicos todos, y al mismo tiempo, los virus nuevos y sus mutaciones que matan a media humanidad —concluye Javi.

Espero no haber sido imprudente, tan escaldada su vida. No me va hacerme el cínico con él, ni darle guerra con que somos una plaga y que la naturaleza quiere desembarazarse de nosotros. Elena aligera el aire ofreciéndonos postre. Corta tres rebanadas de su tarta y saca de la nevera un bowl con nata montada mientras Javi y yo recogemos los platos.

—Yo sin nata. La tarta de Santiago no se sirve con nata —reclamo en tono afectuoso.

—Póngame a mí la que él no quiere.

Observo a Elena vertiéndole toda la nata y ese cariño maternal desperdiciado que no siempre sabe dónde acomodar y a veces la atraganta.

Hablamos de las gallinas, del gallo que llegó solo y de su quiquiriquí tan metálico. Javi pregunta que quién escoge cuál matar. Escojo yo. Que quién mata. Por lo general Elena. Que cómo y ella explica su técnica del cubo, colgado de un árbol y con un orificio para el pescuezo y zas, hace la mímica con su propio cuello. Menciono a las palomas, la única pareja que ha sobrevivido y por la que el halcón jamás ha mostrado interés.

—Nunca han logrado poner un huevo, pero adoptan los que las gallinas dejan en su nido y más de una vez han nacido pollitos. Se las apañan durante un par de días para alimentarlos, regurgitando una masilla que las crías desprecian, hasta que alguna gallina termina por hacerse cargo de ellos, generalmente la kika.

—Mi generala. Así le digo yo, muy marcial ella con sus plumas estilo corte militar —comenta Elena.

—Todas las noches me aseguro de que estén las dos palomas —continúo.

Mis palomas encontraron el amor y me he preguntado si, quizás, sean dos machos, o dos hembras, y por eso nunca ponen huevos. No lo sé. Lo que sí sé es que se tienen, se saben la una de la otra, mis palomas tan guapas, con sus ojos redondos, grandes como de dibujo animado. Palomas de Blanca Nieves. Me aseguro de que siempre estén las dos porque cuando una falte a la otra tendré que matarla, torcerle el cuello para que no sufra. Es lo más humano. Imposible buscarle una substituta. La rechazaría, la mataría a picotazos.

—Ojo, ¡ni se te vaya a ocurrir contar sus gallinas! —advierte Elena.

—¡Es de mala suerte! —río— Al igual que ponerles nombre. Solo a los gallos.

Lo de nunca contar las gallinas es una superstición que me he inventado. *«Never count your chickens»*, dicen. De ahí la cogí. Y la de no ponerle nombre a las gallinas también es mía, pero basada en experiencia empírica: gallina con nombre, gallina que muere. Para hacerse del campo hay que inventarse sus supersticiones. Hay que, incluso, enseñarse a creer en los fantasmas.

Devoramos la tarta de Santiago, preparo una infusión y me disculpo para volver a encerrarme en mi estudio. Quiero escribir esa carta que tengo pendiente.

I am a man... Soy un hombre. Así inicio el correo que escribo al señor Kersey. «Un hombre que hace películas». *I am a man who makes movies.* Una carta de hombre a hombre, responsabilizándonos por todo el daño que nosotros, los hombres, hemos ocasionado. Por nosotros, por machos como usted y como yo, las cosas están como están.

Kurt Kersey proviene de una acaudalada familia de Dallas. Su padre, su abuelo y su bisabuelo fueron grandes magnates del petróleo, ostentosos, controvertidos y despilfarradores. Él y su hermano han procurado lavarse las manos invirtiendo en energías renovables y tecnologías de saneamiento ambiental. Kurt, además, es uno de los socios capitalistas de Colossal Genetics, la empresa que ingenió a los mamuts del siglo XXI. Por lo que puedo ver en internet, no deja de mostrarse como todo un macho tejano, aunque en su versión más cosmopolita, con trajes italianos hechos a medida, gafas de diseñador y sombreros vaqueros de lana en tonos claros y coronados con alas anchas.

I am a man. Y usted también lo es, así que hablemos entre nosotros. El mundo va muy mal. Tan mal que a veces me cuesta trabajo alzarme de la cama. Hay días en que no le veo sentido. ¿Para qué todo ese esfuerzo? Separarme de mis sábanas, descuajarme de las almohadas y recolectar toda mi humanidad para disfrazarme de persona. Es cuando me siento más inútil, un miserable cuenta-cuentos que malgastó su vida mientras las últimas hectáreas del Amazonas terminaron por arder. «Polvo eres y en polvo te convertirás». Polvo somos, señor Kersey. Y a eso hemos reducido a nuestra Madre, a un puñado de cenizas. Aún así, en toda mi necedad y por no saber otra cosa, preparo mi próximo guion y necesito ver a sus bestias. Intuyo que a usted y a mí nos une una fascinación por los animales prehistóricos que, quizás, compartamos desde niños. Yo conocía nombres, datos y mitos de aquel bestiario, pero olvidé la mayoría. Usted, en cambio, se empeñó en resucitar a una de sus más grandes bestias. Lo admiro por ello, pero la boca me hierve en preguntas: ¿Por qué el mamut y no aquel antepasado del rinoceronte, con su colosal cráneo de siete metros? ¿Por qué no el dientes de sable? ¿El mamut siempre fue su bestia favorita? ¿O será porque realmente creyeron ustedes que los mamuts nos salvarían de la catástrofe? ¿Que de verdad servirían para mitigar los efectos de la Torre de Jenga? ¿O aquel era solo un pretexto para jugar a los dioses? ¿Usted cree en dios? ¿En qué dios? ¿Lo escribe con mayúscula o minúscula? ¿Su dios es hombre como nosotros, señor Kersey? Un macho más. ¿También él la ha cagado?

Soy un hombre. Lo escribo, porque, como tal, inicio cada mañana antes de que amanezca para aún ver las estrellas. Antes de mi café lamo de mi mano izquierda las dos gotas del extracto de setas que me permiten ver la vida a través del prisma más amable que ofrece la psilocibina. Sin ellas me quedo tullido porque, al hacerme una vida tan apartada de lo indómito, terminé por descolgarme de mi esencia. Yo debí nacer en la sabana africana o en ella me debí plantar. Podría haberle otorgado sentido a mis días como guardaespaldas de un rinoceronte blanco, pero la comodidad me atrapó. Soy un hombre sinvergüenza, colmado de incongruencias que tiran mis hombros hacia el suelo. Llevarme comida a la boca implica, en estos días, quitársela a alguien más. Si me como un puñetero aguacate, le quito al río su agua, lo dejo morir de sed. Yo mismo me pronuncié en contra de la palta chilena en su momento. Aquella campaña, más vehemente que cualquiera en contra del consumo de carne: el aguacate estaba dejando la tierra seca, convirtió en desiertos lo que antes eran paraísos. Aún así, hoy todavía lo como, a escondidas, desvergonzado.

Su imagen de vaquero refinado me hace suponer que, contrario a lo que había afirmado mi agente, quizás sí sabe quién soy yo. «Estoy fascinado con sus mamuts y quisiera verlos». Por mi culpa, por mi culpa, por mi gran culpa. Intuyo que él, por muy macho tejano que sea, cierta sensibilidad habrá de tener. A ella apelo. No porque crea complicado que me permita observar a sus bestias, sino por buscar en él, quizás, a un cómplice de esta culpa ancestral que arrastro. Dos hombres blancos, adinerados, privilegiados. Agobiados. Cada uno con sus matices. Cada uno con sus remordimientos. Cada uno buscando la manera de purgarse.

Pasada la medianoche, ya en la soledad de mi cuarto antes de acostarme y después de masturbarme por segunda vez —de nuevo una sórdida escena con mi avatar *barely legal*— pienso en Javi y en la fuerza del sexo. Me pregunto si sus orgasmos culminarán aún en carcajadas, jadeos y sudor. Hace tiempo que reemplacé follar por mis maratones de fantasías, enganchado a las maravillosas posibilidades de la realidad virtual. Quizás fue el miedo a los desaires —rechazo, antes de que me rechacen— lo que terminó por incautar mi sexualidad, ya desprovista de conquistas, pero a salvo de los virus y sus mutaciones que tanto castigan a los más aventurados.

¿Cómo ejercerá Javi su sexualidad? Con esa guapura castiza de cejas prominentes, mandíbula potente y aquella nariz rotundamente fálica que dota a su rostro de una viril cualidad equina. Despliega su masculinidad potente pero, a la vez, calma, su fuerza contenida, segura, su furia interna, sin prisas, como un anciano río que recorre su cause con la certeza de que siempre desembocará en el mar.

¿Qué tan promiscua será su colonia? Imagino mujeres lavándose del polvo, chorros de agua deslavando la ceniza de sus tetas, pezones cobrizos resplandeciendo bajo el sol, entre gallinas, motores y olor a carburante. Melenas arenosas, caderas torneadas, pies descalzos, ensangrentados. Sangres, sudores y salivas. ¿Participará Javier de ello? Su virilidad contenida parece dedicada a la supervivencia suya y de sus niñas. A la caza, a la naturaleza, a resistir tormentas y a pagar un eterno peaje por la pérdida de su mujer. A hacer tierra con ambos pies para que no se los lleve el río. La vida le exige una disciplina de atleta, de cazador prehistórico que se juega la vida para alimentar a su familia. Es un buen hombre, beato de la practicidad y con una sonrisa como respuesta. ¿Habrá, también él, dejado de lado su sexualidad para dedicarse a sus hijas, a sus responsabilidades, a nadar, día y noche, contra la corriente que los quiere ahogar, que mana para ello? Apacible, guardado; sus semillas acumuladas en un par de cojones monumentales, cubiertos por un vello aterciopelado, en los que se espesa lo mejor de la península Ibérica, desde su pasado romano, desde el Emperador Adriano, hasta su propio semen que, ocasionalmente, regalará a alguna afortunada para hacerla chillar de placer.

Leo a primera hora la respuesta de Kurt Kersey. *But of course*, que claro que sí, escribe, que él y su mujer son aficionados de mis películas, *so raw and real*, comenta, y que les encantará coincidir conmigo en Islandia. Que cuáles son mis fechas. Que ellos van poco, pero harán el esfuerzo. Respondo que no las he definido aún, que será tan solo un primer acercamiento, que no los quiero molestar, que ya habrá otras oportunidades. Que viajaré acompañado de una sola persona.

Quiero que sea Javi.

Una gallina se ha cagado en mi estudio, justo en el borde de la alfombra. Recojo lo que puedo con papel higiénico y alcanzo a sentir la humedad tibia de su mierda aguada que deja una mancha en los flecos blancos y amarillos. Conforme se acerque el verano, las gallinas empezarán a buscar refugio dentro de casa. Se descuajarán sobre las baldosas frescas, como mis perros y mis gatos. Y yo desnudo, con la piel del escroto pegada a la entrepierna, me refrescaré a base de baños en la piscina. La primera ola de calor se espera a finales de abril.

Horas más tarde, antes del almuerzo, recibo un segundo mensaje de mister Kersey, con su asistente en copia. Los mamuts ahí están, más salvajes que otra cosa, aclara, pero me pondrán en contacto con Daviŏ, el hombre que los cuida. Es de toda su confianza,

— 78 —

subraya, y nos ayudará con lo que necesitemos en Þingeyri. Busco su ubicación en el mapa. Habrá que sortear huelgas, revueltas y cancelaciones para poder volar a Reikiavik y de ahí coger un segundo avión a Ísafjörður. Davið nos recogerá en el aeropuerto, explica su asistente en un tercer mensaje. Reitera, ya sin su jefe en copia, que los Kersey van poco, «cada vez menos gente llega tan al norte de Islandia. Algún turista despistado, algún fanático de los mamuts. El mundo no está con ánimo de aventuras en estos tiempos, concluye, pero si usted quiere verlos, adelante».

Me gusta como Javi habita los espacios con su presencia expansiva: unas gafas de sol sobre la mesada de la cocina, sus sandalias en los escalones de piedra que conducen a la piscina, toallas húmedas en las sillas de la terraza o camisetas y bañadores esparcidos entre hamacas y sillones. También están sus pasos, descalzos y desparpajados; su voz, más aguda de lo esperado; la risa con la que interrumpe sus propias palabras y aquel olor a limpio que emana de su cuerpo. Terminó el palomar hace días y yo alargo la lista de tareas que encomendarle. Le pregunté si le gustaría traer a sus niñas pero, con seriedad, respondió que de ninguna manera, que tenían clases en la colonia.

A Elena se le ve contenta con Javi en casa. Gracias a él nos reunimos a la mesa para el desayuno y la cena, y ella se desvive por cocinar platillos que hacen brotar su ilusión infantil, echando mano de nuestras provisiones sin reparo, como si a diario hubiera algo que celebrar. Un buen plato de lentejas, merluza rebozada, arroz con verduras y curry... Comida sencilla, casera y preparada con ingredientes frescos. «Es como tener a un niño en casa», dijo ayer por la tarde, cuando Javi se levantó por una tercera rebanada de la tarta de manzana que nos había horneado.

Han decidido matar dos pollos que Elena preparará en salsa de ciruela para la cena y, como cada vez que hay matanza, se cierne esa apelotonada solemnidad sobre mis animales. Incluso las palomas parecerían intuir lo que está por suceder, mientras los perros observan inquietos desde el otro lado de la verja. Noto la inusitada pulcritud con la que Javi corta el pescuezo de las aves, ostentando precisión en una tarea que suele ser tan escandalosa. Elena baña los pollos muertos con agua hirviendo para desplumarlos y Javi invita a los perros a que laman la sangre. Les cortan las cabezas, las patas y los rocían con un poco de alcohol para prenderles fuego y deshacerse de las últimas plumas que Elena no logró arrancar con sus manos. Luego los limpian y evisceran en la cocina y uno de los gatos salvajes, aquel con las orejas mordisqueadas de cicatrices, se acerca a la ventana para regatear a maullidos un hígado de pollo. El resto de las vísceras, dice Javi, son para el halcón. Ha demostrado un talento innato para la cetrería. Envidio el vínculo que ha establecido con mi halcón que, con especial mansedumbre, se posa sobre el grueso guante de cuero, rendido ante las caricias que le hace en pecho y garganta. La fascinación parece mutua, dos depredadores que comparten su necesidad vital de cazar. Hace unos días, por la mañana, sin detener su vuelo, le soltó un gorrión muerto sobre la mesa de la terraza.

Cenamos el pollo con ciruela que ha preparado Elena y ella dice que el secreto para que quede tan dulce es ponerle un poco de miel. Javi hace una mueca que interpreto como «vaya *lujazo* el vuestro». Al arroz le falta sal. Lo señalo y ella, por pura venganza, me recuerda el compromiso que tengo mañana con Thiago y Rosella, mis vecinos al otro lado de la colina. La invitación, escrita a mano en ese papel tan remilgado que hace Rosella con el follaje de su jardín, anuncia la performance de un artista brasileño que ella y su marido han adoptado como *protegé*. Me han hablado varias veces de él y de su obra, insisten que es maravillosa, que se centra en la nostalgia, que tengo que verla. Le pregunto a Javi si me quiere acompañar. Acepta, pero dice que no tiene qué ponerse. «Basta con una camisa y un pantalón, puedes coger algo de mi armario».

Menciono que llevo un par de días investigando sobre los mamuts. No me sorprende su entusiasmo al hablar del tema ni que

— 81 —

Javi haya seguido la noticia y sepa, a grandes rasgos, las coordenadas de la manada islandesa. Comparto con él la información que he encontrado sobre los distintos significados que se le han atribuido al mamut. Aunque le maravilla la idea de resucitar especies, ambos coincidimos en lo absurdo que resulta rescatar a un animal prehistórico para utilizarlo como emblema del progreso. «En cualquier caso, es una de las especies que más nos han fascinado. Nos enamoramos del mamut miles de años atrás». Me gusta esa noción: revivir al mamut como un esfuerzo por reanimar un viejo amor, un simulacro de esperanza, de que no todo está perdido.

Elena lo ayuda a escoger qué ropa ponerse. Eligen una camisa blanca que sus hombros llenan mejor que los míos, pantalón azul marino y un par de esparteñas, también azules, número y medio más chico que sus pies y que calza como pantuflas, con medio talón por fuera. No me dejan mucha opción, es lo que suelo vestir así que, al salir de casa, Elena bromea con que parecemos padre e hijo uniformados.

Durante el trayecto le pregunto de nuevo por los mamuts de Islandia.

—¿Te gustaría verlos? —me giro hacia él, mientras conduzco por el camino de tierra.

—¿A los mamuts?

—¿Te gustaría?

—¿Es broma? ¡Hombre, claro que sí!

—Pues estoy en contacto con el propietario para organizar un viaje. Es para mi próxima película y necesito alguien que me acompañe.

Se lo digo así, sin más, ilusionado con hacerle la vida más alegre y él me cuenta que visitar Islandia siempre ha sido uno de sus sueños. Desde pequeño le ha atraído aquel país que parece escenario de cuentos de hadas. Pregunta qué tendría que hacer: ayudarme con el equipo para sacar algunas filmaciones básicas; vamos solo a recopilar información, a tomar fotos y hacer vídeos para armar un mapa visual y desarrollar el guion. Advierte que él de cámaras entiende muy poco. Le aseguro que eso no es fundamental, que, más bien, lo que necesito es alguien que sepa conducirse entre fieras, que las entienda, que sepa estar en el frío y en la naturaleza.

—¡Eso es lo mío! ¿Cuándo sería?

—Cuanto antes, en unas semanas. Podrías ir a ver a tus niñas en la colonia y después viajamos juntos.

Permanece mudo, con una sonrisa, dándose tiempo para paladear mi propuesta.

Rodeamos el monte a lo largo de un valle húmedo y encerrado hasta llegar a casa de mis vecinos. La performance ya ha iniciado y, entre los invitados que abarrotan el salón, apenas alcanzamos a dilucidar al artista que se contuerce desnudo, con la piel espolvoreada de blanco y un penacho de plumas claras. Me fastidia constatar que, una vez más, además de nosotros dos y una conocida canaria que distingo a la distancia, no hay más españoles entre los asistentes. Es la habitual comunidad ibicenca de *ex-pats* ingleses, holandeses, italianos y belgas que se han adueñado de las antiguas fincas de la isla y califican de payés y auténtico cualquier expresión que tenga alguna nota folklórica, da lo mismo que su origen sea balear, caribeño o del Pacífico asiático.

Javi y yo nos plantamos frente al bufet en la cocina. Noto su sorpresa al ver entre candelabros, frutos de granada —fuera de temporada—, arreglos florales, fiambres, quesos y aceitunas, un grosero guacamole bañado con semillas de la misma granada. Le sirvo una copa de vino tinto, brindamos y susurra, con un pedazo de pan cubierto de guacamole en la mano, «a lo que estáis acostumbrados, chaval». Pocos minutos después, los aplausos indican el final de la performance y el artista se pasea al lado nuestro, efectivamente desnudo, con la piel teñida de blanco, su penacho y más plumas, también blancas, prendidas de su vello púbico. Javi y yo intercambiamos una sonrisa cómplice y antes de que pueda preguntarle qué piensa de toda esa situación emerge Rosella, nuestra anfitriona, de entre los invitados que se abalanzan sobre el bufet, para saludarme con un efusivo abrazo.

— 83 —

—¿No te ha encantado? —pregunta entre beso y beso. Ella también lleva una pluma blanca, sujetada por un robusto prendedor de oro a su vestido púrpura.

—Nos la perdimos, perdona, se nos hizo tarde. Te presento a Javier.

Él extiende su mano y ella aprovecha para tirar de ella y plantarle dos besos.

—Pero qué guapo —dice con toda la cachondez que una mujer de setenta años sin sujetador se sabe permitir. Me pregunto si estará borracha, fumada, si se habrá comido unas setas o todo lo anterior. Desde que la conozco lleva el mismo corte de pelo práctico, pero elegante, que le funciona tanto para la playa, como para una de sus rebuscadas cenas. Esta noche luce más encopetada, con las ondas de su melena argentada bien definidas, sombras azul celeste en los párpados, un anaranjado oscuro en sus finísimos labios y ese perfume tan fresco, con notas de mandarina y hierba limón. «Os quiero mostrar algo», dice, sujetada del brazo de Javi. Apenas alarga su cuello y uno de sus camareros filipinos le extiende una copa de cristal con champán. «¿Estáis bien con el vino o preferís *champagne*?».

Nos explica que toda la obra que cuelga de los muros es de João, su artista *protegé*, mientras la seguimos a lo largo de los laberínticos pasillos de su finca.

—Lo conocimos en la bienal de São Paulo. Un galerista nos llevó a su estudio y, la verdad, Thiago y yo nos enamoramos —dice con rotundez—. Thiago es mi marido —explica a Javi— es portugués, pero su familia siempre ha tenido negocios en Brasil.

—Azucareros, desde la época de la Colonia —le susurro al oído mientras ella saluda a una de sus invitadas.

—¿Y ella es argentina?

—¡Uruguaya! —lo corrijo como si hubiese dicho una barbaridad.

Descendemos por unas escaleras con peldaños desiguales hasta llegar al sótano, donde, detrás de una gruesa cortina, han habilitado una sala de cine.

—Por esta obra lo invitamos a que viniera —explica, apuntando hacia la cortina con su copa de champán.

Se nos adelanta una pareja joven, amistades de sus hijos, y al abrir la cortina escapan centelleos de la proyección. «Dejadlos, quiero que la veáis a solas. Estos pendejitos ni la van a entender», sonríe y le da un sorbo a su champán. Nos coge a los dos del antebrazo con una sola mano para acercarnos y continua en voz baja. «El trabajo de João», como ya me había hecho saber antes, «se centra en la nostalgia, y la obra que estamos por ver, muy gráfica», advierte con cara de pícara, «son escenas tomadas de una película pornográfica gay. El vídeo original es de 2020, cuando Thiago y yo aún vivíamos en Manhattan, y era del canal porno de un latino en Nueva York que les pagaba a hombres heterosexuales para que se dejaran hacer cositas. Está filmado durante el primer confinamiento, cuando nos empezaban a conceder algunas libertades. ¿Ven? Os dije que no entenderían nada», repite y exagera una sonrisa hacia la joven pareja que emerge instantes después de la sala de proyecciones.

El artista ha editado el vídeo, enfocándose en miradas, repitiendo tomas y congelando a los actores en posiciones pautadas por los acordes de una composición de Max Richter. «On the Nature of Daylight», verifico en la nota de sala. Es una pieza para violín y piano que varios cineastas han empleado en sus escenas más emotivas. La melodía surte efecto y descubro un arrobamiento que trasciende al regordete protagonista latino y el cuerpo delgado y tatuado —tiene un rosario de tinta al rededor del cuello— de su actor invitado que pavonea una solemne erección. Reconozco algo tan humano en los dos que, a momentos, los despoja del acto sexual para revelar algo más profundo: la ternura, el apuro de ambos por tocarse, por sentir el contacto físico después del largo confinamiento. «De nuestro primer gran confinamiento», precisa Rosella. Lo noto en un abrazo, en la forma en la que se miran; en la urgencia de una caricia, de darla y recibirla. En la imperiosa necesidad del tacto. Imagino la agonía de ambos durante los meses anteriores a ese encuentro, su soledad amplificada por una ciudad muda. Las precauciones de ambos antes de reunirse, los miedos incluso. Leo en sus aspavientos el momento de la penetración: el heterosexual con los ojos cerrados, su mente quizás lejos de ahí, pensando en alguna novia de la adolescencia, pero consciente del calor humano que lo recibe.

Me sorprendo al ver el rostro de Javi iluminado por la proyección. Subestimé su sensibilidad al pensar que la pieza le podría haber incomodado. Él también ha sabido apreciar su ternura. Rosella apoya su copa en el suelo y nos toma a cada uno de la mano. Los tres permanecemos de pie frente a la pantalla hasta que termina la proyección y ella se asegura que leamos los créditos, en donde el artista agradece el generoso apoyo de Rosella y Thiago Saldanha.

De vuelta en casa, Javi reaviva el fuego de la chimenea mientras yo sirvo dos whiskys, el suyo con soda. Lío un cigarrillo y nos sentamos en el sofá, apenas iluminados por las llamas. Brindamos por las ocurrencias de Rosella. Está loca, pero es buena persona. A Javi le intriga el concepto de *protegé* y me pide que le explique en qué consiste. Procuro argumentar, con tacto, lo que podría parecer una excentricidad y justifico a los Saldanha diciendo que son coleccionistas y que han impulsado la carrera de muchos artistas.

—Pues que un millonario te financie la vida para que puedas dedicarte a lo que más te gusta me parece cojonudo.

Después de un breve interrogatorio de su parte acerca de las razones por las cuales decidí dedicarme al cine, finalmente veo el momento para preguntarle sobre su colonia.

—Es la tercera en la que vivimos. Yo sabía, desde un inicio, que la primera sería algo temporal, hospedados de mala gana por un primo que vivía con su esposa y su niño pequeño. Llegué con mis dos niñas. Era imposible...

—Llegaste con tus niñas y un... ¿coche? —no me quedan claros sus conceptos de coche y casa.

—Llegué con un coche, sí.

—¿Que convertiste en casa rodante?

—Hubo que hacerle modificaciones para que se pareciera lo más posible a un hogar. Las primeras semanas dependíamos de mi primo y su familia para el agua, para cocinar los alimentos una vez que se nos acabó el gas, para refrigerar lo poco que podíamos conservar... Mi primo me ayudó a hacer las reformas necesarias para construir nuestra primera casa móvil, mucho más limitada que la de ahora.

Le pregunto si tiene fotos y me muestra dos en la pantalla estrellada de su móvil. Se trata de un Toyota RAV4 viejo que por dentro luce mucho más espacioso de lo que podría haber imaginado. Todo el habitáculo, excepto el asiento del conductor, ha sido convertido en una ingeniosa vivienda a base de, según me explica saltando de una fotografía a otra, compartimientos retractables que sirven como mesa, área para cocinar o zona de estudio para las niñas. Cada uno con detalles muy apañados que procuran esa sensación de hogar. El área para cocinar, por ejemplo, incluye un macetero con hierbas aromáticas y un especiero que, según me explica, son las mismas repisas con peluches, figurines de dinosaurios y animales prehistóricos de sus hijas, entre los cuales noto un mamut. Me muestra una tercera fotografía, en la cual veo por primera vez a sus niñas: dos rostros sonrientes que se asoman desde una hamaca sujetada a pocos centímetros del techo. Bajo ellas, el área multiusos de los platos de comida, cocina y trabajo ha sido remplazada por una espaciosa cama.

—He visto que tus niñas tienen un mamut entre sus figurines.

—Joder, es verdad. No había reparado en ello. Se emocionarán cuando les cuente que los iré a ver.

—¿Esta foto es de ahora?

—Sí, días antes de partir. Nuestra tercera colonia.

—¿Cuál fue la segunda?

Me mira con semblante serio.

—En la segunda casi pierdo la fe en la humanidad, Silvestre. Vivir ahí fue una batalla. Nos robaron hasta el tapón del depósito de combustible.

— 87 —

Fue también en esa segunda colonia donde conoció a una mujer ucrania con la que, según me cuenta, mantuvo una relación durante poco más de un año.

—Qué va... Ha sido la única —responde cuando le pregunto si ha tenido otras historias desde que enviudó.

Era ocho años mayor que él, también viuda y un cáncer la había dejado estéril y con estragos físicos sobre los cuales Javi no abunda pero que me despiertan dudas. ¿Habrá sido una amputación de senos? ¿Alguna deformidad genital? No me atrevo a preguntarle.

—Quizás, el hecho de que se supiera rota fue lo que más me atrajo. Era una oportunidad para concentrarme en ayudarla y no tener que fijarme en mi propia miseria.

—¿Y qué pasó con ella?

—Se marchó. Sin más, una mañana ya no estaba. Se apartó del convoy durante la noche y nunca nadie más supo de ella.

—No vivíais juntos...

—Qué va... La relación no alcanzaba para eso. Era poco cariñosa, severa, parca. Daba lo justo. Sabía el castellano suficiente y mostraba lo indispensable de sus emociones. Nunca nada de más.

—Años duros...

—Desde hace tiempo lo son, Silvestre. Para ti, creo, esa sensación de desastre, de tragedia, va y viene. Lo pensé en casa de tus vecinos, vuestra realidad es tan distinta... Habrá habido momentos en los que creísteis que todo se iba a ir al carajo: un nuevo confinamiento más estricto que los anteriores, una nueva mutación, el *blackout* de internet. Pero, poco a poco, las piezas de vuestro mundo se han vuelto a acomodar y la vida vuelve a parecer normal.

Es verdad. En un contexto más amplio, mi vida ha sabido encausarse una y otra vez, pero no por eso la tragedia me ha dejado de lado. Asiento con la cabeza y dejo que continúe.

—Para mí también fue así en un inicio. Era una marea que iba y venía, pero yo seguía a flote. Todo cambió cuando mi mujer enfermó y entendí que la cosa era seria. Cuando supe que iba a morir, que ahora sí nos tocaba a nosotros. Que era real. Entonces me salí del margen junto con mis niñas. Recuerdo el vértigo que sentí la mañana que nos pusimos en marcha hacia la primera colonia. Los huevos en la garganta, Silvestre. Nuestra existencia reducida a lo que pudimos meter en el coche. Es durísimo enfrentarte al egoísmo de la gente que, creerías, habría sido la primera en ayudarte pero que, al no hacerlo, no te deja más opción que pasarte al otro bando —me pregunto si se refiere a los hermanos de su mujer—. Pero, al mismo tiempo, les entiendes, porque a veces no nos da para más y hay que hacer triaje. Alcanza para cuidar de los tuyos, de los más cercanos, y ya está. Mis niñas y yo dejamos de ser lo que hasta entonces habíamos sido, para convertirnos en «los otros». Antes yo también veía a los colonos con el mismo asombro, curiosidad y miedo con el que tú nos ves ahora. Hablábamos hace poco de las distintas maneras que existen de dividir la humanidad. Para mí no existe forma más clara que esta: de un lado estamos los que ya nos arrastró la marea, para siempre, y del otro los que aún os mecéis con ella. Todavía estáis en la playa, apenas con los tobillos mojados. Para ti sigue habiendo cenas, compras, viajes. En unas semanas me subiré contigo a un avión, en el que servirán un bocata mientras sobrevolamos zonas de hambruna.

Tiene razón. Desde pequeño reparaba en ello. Me parecía inconcebible que los aviones se pasearan con tan poca ceremonia por encima de los países donde, según los noticiarios, había tantas desgracias, tantos niños esqueléticos con los vientres abultados o tantos cuerpos sepultados bajo los escombros de una ciudad colapsada en sí misma después de un terremoto.

—Hace poco volé de Varsovia a Barcelona —continúa—. La primera vez en más de una década que me subí a un avión. Lo tuve que hacer porque una de mis niñas se había roto un brazo. Me mareó reconocer lo sencillo que fue sacar un billete de avión, abordar, escoger si quería ventanilla o pasillo.

—Es verdad. Nos quejamos de las restricciones para viajar, de lo complicado que se ha vuelto hacerlo, pero en realidad sigue siendo una posibilidad a la mano para quien pueda pagarlo.

—No es solo una cuestión de dinero. Es una posibilidad para vosotros, pero para la mayoría de nosotros ya no. Muchos colonos se la apañan para no existir, para vivir sin registro, sin identificación, sin una identidad que permita rastrearlos. Se deshacen de sus documentos, si es que alguna vez los tuvieron. Se escabullen de los censos biométricos y, por lo mismo, no pueden ir a una farmacia, a un hospital, mucho menos montarse en un avión. No existen. Para los que aún conservamos nuestro DNI, nuestro pasaporte incluso, montarnos en un avión no es imposible, tampoco impagable. Es, simplemente, otra realidad. Y ya está… Una posibilidad que no forma parte de nuestro día a día. La vida es la colonia y somos muy pocos los que aún podemos aventurarnos fuera de ella. Así que te agradezco la oportunidad de estar aquí y de acompañarte a Islandia.

No va dirigido a mí, pero distingo en su agradecimiento un reclamo que puedo comprender.

Sé que en Islandia no hay colonias. Ahí veremos la escasez vivida de otra forma. Las medidas proteccionistas que el gobierno instauró hace casi una década han dotado a la isla de una autosuficiencia que imagino insípida. Vastas granjas flotantes esparcidas por el litoral sur abastecen a la población con frutas y verduras que no pueden ser sabrosas: coles blandas, zanahorias pálidas, manzanas sosas. Pero, al menos, los islandeses tienen algo que llevarse a la boca e incluso se permiten lujos, como la cerveza. Cultivan cebada en altísimos muros verticales radiados con lámparas alimentadas con generadores eólicos. El fin del mundo nos golpea a todos, pero con intensidades cambiantes. La suerte nos abandona, pero nunca por igual: se desembaraza de nosotros con más o menos rabia, nos desampara con más o menos saña. Y así como podemos, nos la apañamos para andar aún erguidos, con el pecho echado un poco hacia delante, orgullosos de nuestra resiliencia y nuestra capacidad de adaptación que ya quisieran las demás especies.

—¿Tú crees en dios, Silvestre?

—¿Que si creo en dios? —encojo el cuello.

—Citas mucho la Biblia.

—Lo hago por un motivo que poco tiene que ver con creer o no. Me interesa la religión como tradición. Creo que, al final, las tradiciones, las distintas culturas, los ritos son lo más valioso que tenemos como humanidad. Lo que nos distingue de la superinteligencia artificial y de las demás especies. Me interesa la religión como tal, como una fabricación cultural y, hasta cierto punto, me conmueve toda su parafernalia, desde el santo padre y sus zapatillas rojas hasta los pasos que recorren las calles del sur durante la Semana Santa. Pero, de eso a creer en dios… No lo sé. No te puedo decir que no, pero tampoco puedo afirmar que exista. Me daría tristeza que no, sabernos tan solos, tan desamparados. Confiar en una voluntad divina brinda cierto consuelo que, confieso, a veces le envidio a los más fieles de cualquier religión. Ese propósito común, esa motivación para afrontar la vida como venga… La seguridad de que todo este sufrimiento será retribuido, que alguien, allá arriba o abajo, donde sea, lleva la contabilidad de nuestras desventuras… Y tú, ¿crees?

—No lo sé. Yo también quisiera decir que sí a momentos…

—La efervescencia espiritual es muy de nuestros tiempos. Todos necesitamos creer en algo, al menos de vez en cuando, para intentar darle un significado a las cosas…

—No sé si el catolicismo lo logre.

—Yo tampoco. No creo que sea la religión más adecuada y eso es culpa de la Iglesia, que estaba tan distraída con sus pederastias, sus contradicciones, sus intrigas y de pronto: zas —aplaudo— ¡que llega el fin del mundo!

—El fin de mundo, tío —extiende su whisky para que brindemos.

Javi se retira a su cuarto y yo me quedo frente al fuego, con un poco más de whisky. Me pregunto si mister Kersey compartirá mi visión de la humanidad como una catástrofe continua. Si reconocerá, como yo, aquel hilo que nos enlaza con las catástrofes de hombres y mujeres de otros tiempos. Nuestra especie lleva eras emperrada con derribar, talar y extinguir. A pesar de lo lejano que pueda parecer el pasado, yo aún me reconozco en mi abuelo del Renacimiento, de la Edad Media; me reconozco en mi tatarabuela Neandertal. Reconozco nuestras ganas, nuestra fascinación con las estrellas y los atardeceres, nuestras ansias por mamar, por comernos, sobarnos y corrernos; nuestras apetencias por comer, purgarnos y beber hasta perder el control. Nuestra avidez de medicina y de querer entender los misterios. Nuestra necesidad de creer. ¿Creer en qué? ¿En un plan divino que nos hemos dedicado a torcer? ¿Qué somos? ¿Qué fuimos? Animales, alimañas, monos lampiños con un dedo pulgar oponible que nos ha dado tanto placer en forma de merengues, terciopelos y óleos. Somos violadores, aunque en ello no estamos solos. ¿Ha visto usted a dos nutrias aparearse, señor Kersey? De lo más violento que he jamás presenciado. El macho muerde a la hembra, la hunde en el agua como si la quisiera ahogar. He leído que violan a las focas bebé, las matan en el proceso y luego se vuelven a follar al cadáver. El gusto porque nos aprieten la polla, por meterla en algún orificio caliente, húmedo, no es exclusivo de nuestra especie. Es placer universal. ¿Un sentimiento universal? La añoranza. Nos prometemos la Era de Acuario y su despertar, pero no hacemos más que acarrear nuestro letargo y este amargo sabor en la boca; mal aliento por la carne que se nos pudre entre los dientes y contamina nuestra palabra. Hablamos de libertad y nos vamos a la guillotina, hablamos de ciencia y terminamos en las cámaras de gas. Somos guerra, somos sangre y fuego. Somos el calor que inflama y el frío que revienta. Somos una maravilla, una flor rarísima, carnívora, carroñera y antropófaga que se envenena con su néctar y se clava sus propias espinas. Se nos caen los pétalos y nos los comemos. Son de plástico, de cera artificial y se nos atoran en la garganta, nos obstruyen el intestino. Nos llenamos de mierda, húmeda y tibia, como la de mis gallinas. Pero maloliente. No hay mierda que apeste más que la nuestra. Solo la de un caníbal, quizás. ¿Las nutrias serán caníbales también?

2

Despegamos hacia Ísafjörður, al extremo noroeste de Islandia, con cuatro días de retraso por las condiciones meteorológicas. Me relajé. No había nada que hacer. Javi, en cambio, lo tomó como una injusticia, como una cuestión de clase: nos cancelaban el vuelo de Barcelona a Reikiavik porque volábamos con una aerolínea de bajo costo —la única que une España con Islandia durante el invierno—. Las otras —British Airways, Lufthansa, Icelandair— según monitoreaba él desde su móvil, sí que aterrizaban en el aeropuerto de Keflavík, procedentes de Londres, Frankfurt o Nueva York. Solo a los más desfavorecidos —los más cercanos a un día dejarlo todo para unirse a una colonia—, les pueden ver la cara de tontos de esa manera. Sin percatarse, quizás, me incluyó momentáneamente en ese grupo de desafortunados, casi casi uno de los suyos, impotente y vulnerable ante haceres y deshaceres de la aerolínea. Después de dos días varados en un hotel de Castelldefels, a pocos kilómetros de El Prat, sucumbí a la presión y reservé nuevos pasajes vía Heathrow. Pero ya en Islandia nos topamos con la misma situación: los vuelos al norte de la isla llevaban toda la semana suspendidos a causa del mal tiempo.

El viaje duraría dos semanas, máximo tres, le prometí. Dijo que quería cazar reno y tramitó los permisos para viajar con escopeta, arco y flechas. Por complacerle, acepté su oferta de vendernos el despiece que enviaría a casa desde Islandia con una de las transnacionales que reparten trozos de carne empaquetados al vacío por toda Europa. Yo, por mi parte, alisté todo el papeleo, saqué cita con el notario para dejar mis asuntos en orden, incluidos dos poderes a nombre de Elena; organicé cámaras, zooms ópticos, trípodes y micrófonos. Fijamos la fecha y él se marchó a su colonia, cargado de miel y chocolate, para reunirse con sus hijas, antes de que nos encontrásemos en Barcelona dispuestos a viajar.

Aproveché Castelldefels para hacer la compra de los primeros días. Davið, el hombre con quien la secretaria de Kurt Kersey me puso en contacto, advirtió que en Þingeyri, nuestro destino final, no hay supermercado, mucho menos bares o restaurantes. Metí en la maleta arroz, leche en polvo, pasta, aceite de oliva, tomate en conserva, vinagre, fuet, jamón y queso manchego. Y aproveché Reikiavik para comprar un par de novelas —*Under the Glacier* de Halldór Laxness, el nobel islandés de literatura, y *Summer Light, and then Comes the Night*, de Jón Kalman Stefánsson—, y para nadar.

La cultura del baño está bien arraigada en los países nórdicos, pero los islandeses tienen una fascinación particular por sus piscinas. Desde hace más de un siglo, la natación es una asignatura obligatoria en la educación primaria, así que cada pueblo, por muy pequeño que sea, posee una. Durante nuestros días en Reikiavik visité todas las que pude, dos al día, tan lechosas, en toda esa blancura invernal, y con un ligero sabor a azufre por las aguas termales diluidas con las que las colman. Vesturbæjarlaug fue la que más me gustó, una de las antiguas, veinticinco metros de longitud, al aire libre y ubicada en un barrio burgués en el centro de la capital.

Antes de nadar hay que ducharse desnudo. Así lo instruye la ilustración de un hombre que resalta, con remolinos de espuma, las zonas más importantes a limpiar: cabeza, axilas, genitales y pies. E insisten: desnudo. La chica detrás del mostrador lo repitió dos veces. Con agua y jabón. No olvidar el jabón. Su dispensador en las duchas es una pieza de ingeniería que arroja un potente chorro para limpiarse a fondo. Las porciones islandesas son generosas y los objetos parecen estar pensados para uso rudo, prolongado, han de durar, hay que estar prevenidos para épocas de carencia o encerronas por tormentas de nieve. Incluso el calzador, al ingreso de los vestuarios, parece un instrumento veterinario para ganado. Una franja roja y amarilla en el suelo advierte que no se puede ir más allá con zapatos. Después de nadar, otra línea similar delimita el área húmeda de las duchas de la zona de taquillas. *Dry off!* Los secadores, igual de grandilocuentes que el dispensador de jabón, aunque de fabricación suiza, semejan turbinas soviéticas.

El último día en Reikiavik nadé 160 largos. Cuatro mil metros, el agua a 28°C con aquel gustillo a azufre y afuera 2°C bajo cero, nieve y ráfagas que tiraban de mis manoplas de natación como si fueran las velas de un barco. Inicié respirando cada cuatro brazadas, luego cada tres, a buen ritmo. Un islandés se dispuso a entrenar en la misma calle. Tardó en ponerse las gafas y en ajustar su monitor cardiaco entorno al pecho. La piel de su torso tatuado era igual de lechosa que el agua, que el aire y la nieve. Sus piernas, también tatuadas, pateaban con fuerza las burbujas y, a momentos, el vapor y la niebla se condensaban en una nata espesa que no me permitía verlo hasta que nos cruzábamos lado a lado. Un hombre mayor, corpulento, hizo 25 metros en nuestra calle y sucumbió. Una mujer, también rechoncha, habrá llegado quizás a los cien, antes de rendirse a la presión de nuestro ritmo y cambiarse de carril. El nadador y yo continuamos, conservando la distancia constante, ambos a un ritmo similar. Me esforcé en los últimos cien metros. Pensé que coincidiríamos para intercambiar cumplidos: que qué buena cadencia, que qué buen entrenamiento y que de dónde era yo, pero cuando acabé ya se había marchado. Lo volví a ver en las duchas. Se duchó a mi lado sin dirigirme la mirada, con una erección a medias, pausada, incompleta. El vello de su pubis rebajado al mínimo, con un diseño rectangular, como de coñito. «A este le van las putas», pensé. Yo tampoco le saludé. Su pubis y aquella ligera erección me lo impidieron.

— 97 —

Nadie usa chanclas en las piscinas públicas islandesas y el gorro no es obligatorio. Tampoco les he echado de menos. Me esforcé, en vano, por encontrar un pelo sobre el suelo, uno flotando en el agua de la piscina. Nada. El dominio del cuerpo y de la naturaleza es esencial para la vida en Islandia. «Me recuerda a las ciudades en el desierto», le comenté a Laline, mi amiga escritora, la de las abejas y las zarzamoras, durante una llamada. Todo tan artificioso, dispuesto y domesticado, el humano tan supeditado a sus inventos. Le entusiasmó que haya venido a ver a los mamuts, pero insistió en el zorro ártico. Que tuviera los ojos bien abiertos, dijo, y me envió la foto de una criaturita blanca, peluda y esponjosa, galopando con las orejas echadas hacia atrás y su frondosa cola suspendida en el aire. «Animales fantásticos. Los cazan por los poderes mágicos de sus pieles. Son de una resiliencia admirable. Pueden recorrer distancias excepcionales como si nada». Agregó el link a un artículo de *The Guardian* sobre una hembra que había recorrido 3 mil 500 kilómetros en tan solo veintiún días desde Noruega hasta Canadá. Partió del archipiélago de Svalbard para llegar a Groenlandia y continuar su recorrido hasta Ellesmere Island. «La migración más veloz jamás registrada en una especie terrestre», concluía la nota del 2031. Le pregunté si aún habría suficiente hielo para que los descendientes de aquella zorrita emprendieran aquellos viajes épicos. «Lo dudo», respondió.

¿Qué hace que un pueblo sea pueblo? Stefánsson sitúa su novela *Summer Light, and then Comes the Night* en uno que la muerte parece haber olvidado, donde los ancianos rebasan los cien años y donde no hay iglesia ni cementerio. Þingeyri posee ambos. Habitado sin interrupción desde finales del siglo XVIII y con vestigios centenarios de poblaciones vikingas precedentes, es uno de los poblados más antiguos de la región de Westfjords. Es un apéndice de la humanidad —si lo extirpan no pasaría nada—, al final de la ruta, encallado en la costa sur de Dýrafjörður, un fiordo de más de treinta kilómetros de longitud, entre los de Arnarfjörður y

— 98 —

Önundarfjörður. Existen dos versiones distintas sobre el origen del nombre del fiordo: aquella que lo atribuye a Dýri, uno de sus primeros habitantes; y otra que sostiene que originalmente se llamaba Dýrafjörður, el fiordo de las puertas, en referencia a Sandfell y Mýrarfell, las dos montañas que abrazan su cuenca.

En 1995 el resultado de un plebiscito incorporó los pueblos de Þingeyri, Ísafjörður, Suðureyri, Mýrahreppur, Mosvallahreppur y Flateyri en un único municipio. Þingeyri tuvo el índice de aprobación más bajo, con 130 votos a favor y 71 en contra. A sus habitantes siempre les ha gustado su soledad.

A pocos minutos de Þingeyri, en dirección al mar abierto, se abre el valle de Haukadalur, escenario de *Gísla Súrssonar*, una de las grandes sagas de proscritos, obra fundamental de la literatura islandesa, cargada de odio, venganza y hechizos. Antes de llegar al valle, un pequeño cementerio cercado por un muro blanco alberga los restos de los marineros franceses que durante los siglos XVIII y XIX se aventuraron hasta estos nortes para la pesca de bacalao. Con su partida llegaron los americanos en busca de halibut y a principios del siglo XX se inauguró un hospital que hoy ya no existe. Medio siglo después, a mitad de camino entre Haukadalur y Þingeyri, se habilitó una pista de aterrizaje para transporte médico que hoy delimita la vasta propiedad de Kurt Kersey y custodia el paso a Sandar: el valle de los mamuts.

Además de cementerio e iglesia, Þingeyri se conforma por una treintena de chalets de dimensiones modestas; siete conjuntos de casas adosadas proyectadas por arquitectos e ingenieros infames; un puñado de edificios históricos —entre ellos una antigua herrería que aún conserva herramientas originales y muros ennegrecidos—; media docena de pintorescas construcciones de madera; un hostal abandonado; un puerto pequeño y evocador, delimitado por su dique de piedras negras; unas cuantas naves industriales destinadas a la pesca; colegio, residencia de ancianos, polideportivo con piscina techada de 16 metros y aquella gasolinera con su *convenience store* que, según nos advierte Davið en uno de sus correos, abre solo entre semana, de once de la mañana a siete de la tarde. Ahí se pueden comprar los artículos más básicos —tabaco, leche, huevo, conservas, pescado congelado, pizzas congeladas, pan congelado, guisantes congelados— y dispone de cuatro mesas para sentarse a comer hot dogs o hamburguesas recién descongelados. No venden licor, solo cerveza, y tras su mostrador chasca la única caja registradora del pueblo. No hay más.

Si el viento lo permite, tres veces al día, de lunes a viernes, una furgoneta conecta con Ísafjörður. Ahí hay clínica y farmacia, dos hoteles, un museo, oficina de correos y de policía, banco, un bar, una panadería con bollería glaseada color rosa y dos supermercados. Solo en Ísafjörður se puede comprar licor. Y en sus afueras, embarrancado en la garganta del valle, entre litoral y montañas, está el minúsculo aeropuerto donde aterrizamos procedentes de Reikiavik. Con nosotros llegan también las primera coles y lechugas frescas —diminutas, insípidas, caras— que recibe Ísafjörður en casi una semana.

Despierto a las 5:42 de la mañana, más tarde de lo habitual. Incluso con las persianas cerradas, la farola de la calle ilumina lo suficiente, así que, sin encender la luz, me alzo para ir al baño con la vejiga a punto de reventar. Este silencio no cualquiera lo sabría llevar, se requiere un temple específico para soportarlo. Caliento agua en una vieja tetera eléctrica que, en contraste, suena como la locomotora de un tren. Javi duerme aún. Ha tosido toda la noche.

Kurt Kersey nos invitó a instalarnos en su rancho, pero preferí alquilar una pequeña cabaña en el pueblo para nosotros dos. Acepté, en cambio, el coche que nos ofreció, ya que la única agencia de alquiler en la zona estaba cerrada por la temporada. Davið, el cuidador de las bestias, un hombre de mi edad, amable, corpulento, con nariz enrojecida y una densa barba cobriza, nos recogió al atardecer en el aeropuerto de Ísafjörður para traernos hasta Þingeyri. Su camioneta olía rancio y tenía docenas de latas vacías de Pepsi regadas por el suelo.

El trayecto inició con un larguísimo túnel de un solo carril que parte hacia el oeste, por debajo de la cordillera. Pregunté si las vías que unen con el sur de la isla permanecían abiertas durante el invierno. «Antes sí, ahora hay demasiadas avalanchas», respondió Davið, con ese melodioso acento islandés que siempre me recordará a Björk. La carretera, cubierta de hielo y nieve, serpentea entre escarpes rocosos para entrelazar tres fiordos que se desdoblan en paisajes improbables, caprichosos. Los observé antes de aterrizar, esos largos dedos de agua salada que le dan a la península su característica forma de peineta, como si estuviera acicalando el estrecho de Groenlandia. Miré el mar desde el aire, atento a alguna orca que desgarrase su superficie color cobalto. Este es un mar de verdad, su calma engañosa esconde corrientes feroces y me atafaga pensarme mojado en su inmensidad. No vi ballenas, solo islotes cubiertos de nieve que ensuciaban al mar de espuma blanca. «No son islotes, son icebergs», me susurró Javi.

Davið se detuvo en dos ocasiones, la primera para admirar el atardecer. Ahí remata todo, pensé, en ese horizonte está el final. Un precipicio aterciopelado, color albaricoque, con púrpuras, grises, verdes, rosas y azules. Ahí dejamos de existir, se apagan los mitos e inicia la magia verdadera, esa que nunca conoceremos. La segunda parada fue en la mitad del puente que une las dos orillas del fiordo, para que nos brindase datos básicos sobre la geografía del lugar y su historia reciente, como la construcción de la propia pasarela a finales del siglo pasado. «¡Nos ahorra una hora de viaje!» —exclamó, señalando con sus dedos gordos y rosados como salchichas, la profundidad de la ensenada.

Al llegar a Þingeyri, sobre el muro exterior de una de las naves del puerto, vi el mural grafiti de un zorro ártico feroz y carroñero que, con hocico fruncido, colmillos y lengua de fuera, se abalanza sobre su presa. A sus espaldas el artista dibujó un sol rojo, redondo y de apariencia nipona. Mi estrella gobernante en el zodiaco. Recordé las palabras de Laline y lo interpreté como un buen presagio: «He llegado a mi destino. Aquí está tu zorro, Laline. Y mi sol. Este es el lugar».

«Será muy fácil ubicarla», aseguró la propietaria, «es la cabaña azul». El número 21 de Aðalstræti, una calle paralela a la playa. Tenía razón. La fachada es, como tantas, de lámina corrugada, pero la única pintada de azul bondi; tejado a dos aguas, marcos de las ventanas de madera gris claro y en la parte trasera, hacia la montaña, un porche engullido por la nieve. Tras la puerta azul del ingreso hay un estrecho recibidor con trastero y cuarto de baño a la izquierda y, al fondo, la recámara con literas donde Javi ha montado su nido. A la derecha del ingreso, una escalera de madera conduce al salón de la planta alta, con suelo y tejado de madera y vistas panorámicas de Þingeyri. De nuevo en la planta baja, frente al baño, la cocina equipada con electrodomésticos anticuados y una ventana percudida por lágrimas de nieve seca y con escarcha en las esquinas, a través de la cual ahora mismo veo los dos domos del polideportivo escasamente iluminados; un edificio de hormigón que, intuyo, será la residencia de ancianos y la iglesia del pueblo: pequeña, rústica, digna, blanca con su tejado rojo. El campanario alcanza a dentellear la luz de los reflectores que la iluminan desde la contrafachada. Aún es de noche. Dos faros al otro lado del fiordo son la única referencia que dimensiona el paisaje. Tierra de quimeras, de mitos, de leyendas. No hay en el mundo lugar más acertado para soltar a esos mamuts.

A la izquierda, detrás de la mesa, mi cuarto, un poco más grande, pero menos acogedor, con cama matrimonial, dos mesitas de noche, armario, sinfonier —todos muebles huérfanos, vestigios de mudanzas pasadas— y dos ventanas. Una con vistas similares a las de la cocina, aunque interrumpida por la farola y la casa al otro lado de la calle; la segunda, más angosta y orientada hacia el norte, mira al jardín sepultado bajo la nieve, unos cuantos árboles y la casa de los vecinos. A pesar de que el inicio de la primavera está cerca, un gato de fierro iluminado con bombillas navideñas sobresale de entre la nieve.

Sin salir de su cuarto, Javi me advierte a través de la puerta que está enfermo. De ahí su tos. Le pregunto si necesita algo. Que no: tiene paracetamol y su botiquín atiborrado de remedios. ¿Será el virus?

Una de sus nuevas variantes, sus nomenclaturas imposibles; ya he perdido la cuenta de en cuál vamos. Da igual, ya sabemos todos qué hacer. No ha dado positivo, pero prefiere ser precavido. Daviđ le ha dicho que hay dos personas infectadas en el pueblo. Menos mal, no somos los forasteros que llegan con la enfermedad a cuestas. Me pincho el pulgar izquierdo y la luz verde en el móvil, acompañada de esos tres beeps, el tercero un tono más alto, indica que estoy sano. Al escucharlos Javi insiste, desde el otro lado de la puerta, que debe ser un simple resfriado, nada de qué preocuparse. Está igual de ansioso que yo por ir a ver a los mamuts, pero prefiere esperar. «Al menos veinticuatro horas», dice, «verás que mañana estaré como nuevo».

Salgo de casa poco antes de las siete de la mañana. El todoterreno que nos han prestado ha quedado sepultado veinte centímetros bajo nieve. Qué más da, lo que quiero es caminar. A la derecha queda el puerto y la gasolinera, yo me avío hacia la izquierda, en dirección al valle de los mamuts y a la desembocadura del mar. A menos de cien metros está el cementerio con sus tres centenares de tumbas quizás, no muchas más. La poca gente que ha muerto aquí, la poca gente que nace aquí. La tarde de ayer, al llegar, me acerqué hasta él para fumar antes de que oscureciera y noté una corona de abeto que, en un gesto vikingo y pagano, ardía sobre una de las tumbas. Las huellas hundidas en la nieve fresca rastreaban el recorrido de la persona que la ofrendó y le prendió fuego. Hoy quedan solo los restos calcinados, abrazados a una cruz de piedra. Justo donde termina el cementerio, las farolas del pueblo mudan su luz anaranjada por un fulgor níveo y clínico que fosforece como el interior de una nevera.

Tengo la impresión de que aquí en el norte, los claroscuros de amaneceres y atardeceres son más dramáticos. Al ponerse el sol, el contraste entre poniente y oriente es más notorio que en otras latitudes; medio cielo ya oscurecido y la otra mitad aún muy iluminada. Ahora, en cambio, marcho hacia su oscuridad apelmazada, mientras a mis espaldas los rayos del sol comienzan a aclarar apenas una lonja de cielo.

No hay señal de vida humana más allá de la ocasional lámpara encendida dentro de alguna casa. Viñetas de la cotidianidad en una cocina, en un salón, en la recámara de un niño, pero sin sus actores. No hay movimiento. La mañana es mía y de las aves. Al final de la calle, a pocos metros de la playa, un búho, una garza y un gnomo de resina decoran un porche y, detrás de él, más cerca del agua, una casa conserva aún las luces navideñas. La costumbre parece ser: si hay nieve, las dejamos puestas. *Fair enough*. Los islandeses alargan sus navidades hasta que se termina el invierno.

El pueblo concluye en una farola de luz fría frente a una casa color verde menta y, más adelante, un señalamiento indica que hasta ahí llega Þingeyri. Ha bastado la nevada de la noche anterior para decolorar toda huella de la humanidad, cubriendo el paisaje de este blanco virginal. La carretera transcurre paralela a la playa negra, volcánica. Hay marea alta y la nieve color perla deja al descubierto solo una franja de rocas y arena negras. Es un negro voraz y malhumorado que se traga con saña la escasa luz que lo ilumina. El mar más cercano es color plata, más hacia el horizonte, es azul, luego cobalto. Poca espuma, pocas olas y esas algas lanudas que cubren las rocas, dándoles morfologías orgánicas, de mamuts encallados en la playa, con sus lanas humedecidas. Una única boya color naranja flota en el agua como un espejismo cromático, y al fondo, más cerca de la orilla opuesta, dos gigantescos aros son el vestigio de una granja de salmones abandonada. Davið explicó, desde el puente que atraviesa el fiordo, que las actuales se encuentran a tres kilómetros de distancia, en dirección al mar abierto.

Halldór Laxness escribe que la primavera, la «época entre paja y pasto», es la estación en la que animales y gente perecen en Islandia. Lo mismo he advertido en Ibiza. Con la primavera tornan los nacimientos y con ellos atrancan también la fragilidad, las plagas e, inevitablemente, la muerte. Solo en primavera siento el agobio del abandono al contar por decenas crías muertas en el campo seco —becerritos hechos cueros, pollos pisoteados y fetos de liebre—.

Me pregunto si el ártico será más letal que el desierto. En este último prevalece la esperanza de encontrar un oasis, de salir de él. Aunque no haya agua ni sombra, el desierto, tarde o temprano acaba. El ártico no: la nieve y el frío no tienen una frontera clara que los delimite, se estiran sin terminar de repente. Islandia helada está circundada de un mar gélido y acometedor. Donde acaba la humanidad empieza la muerte. «Basta tan solo una noche sin refugio, a la intemperie», le había comentado a Javi al aterrizar. Este paisaje quiere matar, lo logra en avalanchas, tormentas, balbuceos de labios violetas e hipotermias que hacen titiritar los dientes hasta romperlos.

Aquí no hay quien viva. Aquí solo se sobrevive.

Observo a las aves, dueñas de la mañana, a sus anchas sobre las farolas del pueblo que dejo atrás; sobre los árboles, las rocas y en la playa. Un inmenso cuervo, tan negro como la arena, vuela sobre mí y grazna. Reclama que qué hago yo ahí. Yo, con la piel canela y ahí todos tan blancos. ¿Que quién soy? ¿Que qué soy? Los charranes nadan en grupo y ocasionalmente alguno se sumerge a pescar. Hay una pareja de cisnes cantores en la orilla. Su apariencia es más primitiva que la del cisne común. Será, quizás, su color blanco espíritu, apenas con un toque de amarillo en el pico que se desvanece a la distancia. Mueven sus largos cuellos para acicalar sus plumas, para sentirse, para verme, los articulan en toda su longitud evocando a sus tatarabuelos brontosaurios. Págalos, cormoranes y más cuervos se suman al coro del amanecer. En el horizonte, ya bien afuera del fiordo, en el mar abierto, hay dos embarcaciones pesqueras que, intuyo, irán rumbo a las granjas nuevas para hincharse de salmones.

Debo estar cerca. Esta será la curva que mencionó Davið y aquellas deben ser las naves donde secan el bacalao. También las usó como referencia. Son ocho edificaciones elevadas sobre pilares de madera, austeras, de apariencia resistente, en la frontera de la humanidad. Muros grises, tejados azules, verdes, ocres. Deberían incluir una frase que hiciera alusión a ello en su estrategia de ventas: bacalao limítrofe, secado en donde se acaba el mundo. Buen marketing. Me giro para comprobar una vez más la diferencia en el cielo.

Se parte en dos: de un lado el día, del otro la noche. La nieve sobre las rocas imita las formas de la espuma, incorporando la tierra con el mar y conforme se alza el sol, el mar se tiñe de colores. Los grisáceos metálicos se han quedado atrás y, frente a mí, el agua es casi de un verde cocodrilo.

El horizonte se abre entre los brazos del fiordo y aquellas embarcaciones navegan más allá de la humanidad, ahí donde ya no hay cementerios, ni iglesias, ni gasolineras, ni residencias de ancianos. La caja registradora de Þingeyri es, en esta latitud, la última del mundo. Justo hasta aquí, a Kurt Kersey se le ocurrió traer a sus mamuts. Imagino la faena que debió ser transportarlos, una logística faraónica. Imposible que hayan aterrizado en Ísafjörður, su aeropuerto apenas puede acoger avionetas. Los imagino atravesando aquel túnel en un convoy colosal. ¿A qué hiede un mamut estresado? ¿Qué ruidos emite? ¿Qué vapores y calores exuda? Visualizo sus cuerpos liberados aquí en el frío, humeantes, sus ruidos de minotauro, de fiera mitológica. Mi mente los ubica en esta misma blancura porque conozco este paisaje solo así, encalado, aunque es probable que hayan desembarcado durante los meses de verano.

El corazón se me desboca en arritmias. No recuerdo la última vez que sentí esta emoción, quizás aquella vez en mis treinta cuando me perdí en Wyoming con la nieve hasta la cintura. Se trata de una alegría destensa y liviana que pocas peripecias me han sabido estimular. Momentos en los que me he liberado de mí mismo, de todos los Silvestres que pude haber sido y del Silvestre que soy. Minutos en los que me he entregado a la incertidumbre, desarmado ante la voluntad de la naturaleza. El sentimiento de hoy es aún más intenso: la fuerza de las bestias, su magnetismo palpable, similar al que despiden los Andes, el Kilimanjaro o el General Sherman. Cordilleras, cumbres y árboles que se anuncian antes de verlos.

Conforme avanzo, la nieve se hace más profunda y a la izquierda se abre un valle enclaustrado entre montañas, todas con sus cimas en forma de pico. Al centro, el codo de una de ellas enreja al valle del mar. Descubro una loma más, otra y el valle gana profundidad. Muy a lo lejos, al otro lado del fiordo, escucho una barredora de nieve que no llegará hasta aquí. Esto es tierra de nadie con maquinaria agrícola abandonada y alguna casa dilapidada, consumida por la nieve. Unos cuantos árboles ralos pueblan la ladera de una montaña sin llegar a nombrarse bosque. Distingo entonces la primera pista y la euforia me aprehende a ladridos: una señal vial amarilla con el borde rojo y al centro, la silueta negra de un mamut. Cuidado con las bestias. Sandar a la izquierda.

Sandar y los mamuts. Los mamuts de Sandar. Sandar. El valle de los mamuts. Islandia. Juego con posibles títulos. Le preguntaré a mi agente cuál le gusta más para que me ponga yo a contar mi historia.

Me alejo del mar y diviso la inmensa profundidad del valle. Entre dos de los picos hay una cima que se alza como un muro. Me estremece la posibilidad de quizás no verlos, de que estén adentrados entre los pliegues de las montañas. Todo tan blanco, lo único que quiebra esa monotonía son las balizas anaranjadas bien sumergidas en la nieve a ambos lados del camino. Prosigo por una ligera pendiente donde la nieve se ha escurrido y deja entrever la grava del suelo. Acelero mi paso, su ruido cambia, raspa. Se asoma la esquina de un imponente vallado concebido para contener fieras ingentes. Ya los quiero ver y corro, con mi cuerpo entumido por el frío, pero corro. El camino se vuelve a hundir entre la nieve peinada por el viento en estrías verticales que esquivo a saltos. El corazón me palpita en sienes, cuello, dedos y lo escucho por encima del viento. La barda se alza frente a mí.

Y así, sin más, como si fueran caballos, como si fueran vacas o cabras, ahí está el sagrado rebaño. Mis mamuts. Ahí están sus monstruosas siluetas, oscuras contra la nieve. Unos cuantos se alimentan frente a un granero; otros están más entrados en el valle y dos de ellos me miran. Me reconocen como mamífero. Entre mamíferos nos entendemos, entre seres peludos nos sabemos hablar. Compartimos el fraternal idioma de la leche. Ahí están. A pesar de que mi nariz gotea sin cesar, alcanzo a olfatear su tufo antediluviano y babeo de la emoción. ¡Ahí están! Me asomo al pasado, al futuro —esa palabra—, estoy viendo nuestro ingenio, el mismo que nos ha condenado. Estoy viendo lo último que quería ver. Abre bien los ojos, Silvestre, huele y respira con tu hocico empapado de mocos y babas calientes. ¡Que hiervan! Ahí están los mamuts.

«Perdóname, perdí la noción del tiempo», escribí, «paso por ti en un taxi. ¿Me podrías bajar mi americana, por favor?». La tarde se me había ido visitando posibles locaciones al otro extremo de la ciudad, para la película que estaba a punto de empezar a rodar en Milán. Era la semana de la moda, había tráfico y tardé más de lo previsto en volver. Pilar me esperaba afuera del hotel. Supe que no íbamos a discutir. Ninguno de los dos estábamos para ello. Habría sido una necedad con el mundo como estaba.

Subió al coche y me sonrió detrás de la mascarilla. Alcancé, apenas, a percibir su perfume, su frescura a rosas. Llevaba el abrigo color beige de cachemira con capucha y hombros caídos que habíamos comprado juntos el fin de semana; el vestido negro, tan romántico, con estampado de rosas y mangas cascada en encaje que compró en Viena aquella vez que la aerolínea extravió su equipaje. Su pelo recogido dejaba al descubierto sus lóbulos enrojecidos por el frío y las esmeraldas que le había regalado mi madre y que mandamos montar en Roma. Toda ella colmada de memorias de una vida vivida juntos. «Perdóname, mi amor», le dije. Sonrió una vez más, con los ojos, y se le asomaron aquellas arrugas incipientes que comenzaban a darle una nota melancólica a su rostro de retrato antiguo. «No pasa nada. Aquí está tu chaqueta». Sentí sus dedos fríos sobre mi mano caliente.

Llegamos a la Scala justo a tiempo. Apenas nos sentamos apagaron las luces y me giré sobre mi butaca, embobado con la monumentalidad de la sala y su tenue refulgencia dorada. Las entradas habían sido un regalo de la directora de casting que estaba trabajando en la preproducción de la película. Necesitábamos un conductor de orquesta y ella insistió en aquel joven suizo, unos cuantos años menor que yo, grande promesa de la música clásica y que esa noche daba su cuarto y último concierto después de un mes en Milán. «Tan guapo, atractivo, gran conductor, ¡y muy sexy!», había comentado. Dedicaba, según él mismo publicó en sus redes, cada nota de aquel concierto a todas las personas que estuviesen sufriendo las terribles injusticias a ambos lados del conflicto. Tchaikovsky y Rachmaninov, dos compositores rusos entintados de azul y amarillo. La guerra en Ucrania recién había comenzado.

Era la primera vez que volvía a un teatro desde el inicio de la pandemia de la covid-19. Me estremeció ver a los músicos amordazados tras sus mascarillas FFP2, amorosamente entregados a sus instrumentos y con sus expresiones circunscritas a ojos y cejas. El conductor emergió brioso y enseguida supe que no quería trabajar con él. Me fastidió lo guapo que se supo. No era la ocasión para engalanarse de esa manera.

Pilar se quedó sentada durante el intermedio, yo fui a los aseos y al bar por dos copas de *prosecco* que bebí de golpe. De vuelta en la sala, el Adagio de Rachmaninov me hizo pedazos. Tuve que entrecerrar un ojo para esquivar al director de orquesta que, con sus gestos tan histriónicos, se desunía con violencia de la concordia de sus músicos. Me imaginé frente a un despeñadero, con una decisión inaplazable que agrietaba el suelo bajo mis pies. La sinfonía, teñida de la nostalgia más pura, sostenida por las cuerdas y apuntalada por un solitario clarinete, su lírica pausada y emotiva, insistieron en la belleza de la que el ser humano es capaz. Para cuando se incorporaron los primeros violines ya no pude contener más mi llanto. Con las gafas empañadas por encima de la molesta mascarilla, busqué la mano de Pilar y la estreché. Era momento de separarnos, de desatarla para no hundirla conmigo. Era lo justo y ambos lo sabíamos.

Pilar no se percató de mis sollozos encubiertos entre los compases del clímax. Lloré por los veranos que ya nunca más tendríamos. No viviríamos más aquellas tardes mediterráneas tan largas que duraban toda una temporada y empezaban con un vermut en Cadaqués para terminar trasnochados en la isla de Patmos. Pronto los veranos se convertirían en meses secos, iridiscentes, polvorientos, placenteros solo para aquellos que pueden pasarse el día remojados en una piscina. Nunca más los viviríamos con aquella libertad, aquel desparpajo y aquella gozosa despreocupación. Nos habían robado la inocencia. Nunca más nuestro mundo volvería a ser un mejillón en escabeche sobre una patata frita con labios y dedos grasos y ya está. Si bien la historia de la humanidad siempre ha podido recitarse de destierro en destierro —los hicsos expulsados de Egipto, los judíos de España, los turcos de Grecia y los griegos de Turquía—, lo que se sentía venir era distinto. Medio Oriente se abotargaba en cólera, la amenaza nuclear empezaba a calibrar nuestras prioridades y los refugiados ucranios ya se contaban en millones. Recién había vuelto de Berlín y lo había visto con mis propios ojos: hombres y mujeres en la estación central, carteles en mano, anunciando a cuántos podrían acoger en sus casas. Los trenes llegaban del este, de tan cerca, con madres e hijos que huían del terror. El terror tan cerca. Atrás quedaban sus maridos, sus padres, sus hogares, sus pertenencias, los familiares más necios o más ancianos y, en muchas ocasiones, sus desdichadas mascotas. Llevaba días en comunicación con la mujer al frente de un refugio para perros y gatos a las afuera de Kiev que se desvivía por proteger a sus animales y coordinaba esfuerzos para facilitar la ayuda a protectoras de todo el país. La apoyé como pude para traer a España decenas de perros y gatos. Pensé en ella. Pensé en los gatos cochambrosos y confundidos que volvían a sus casas bombardeadas; en los perros pacienzudos que, de tanto esperar a sus dueños, se dejaban morir de hambre y de sed. Un nudo en la garganta me impidió tragar saliva, tosí y Pilar presionó mi mano.

Nos reunimos afuera de la Scala con amigos que también habían asistido al concierto y caminamos hasta el restaurante Santa Lucia, a un costado del Duomo. Todos encantados con el conductor, que qué guapo, seguían diciendo. Yo permanecí en silencio, disimulando mi malestar. Daban por hecho que lo incluiría en mi película. Hablamos de la guerra muy por encima, como si fuese un trámite, una formalidad con la cual cumplir para después poder relajarse. Una breve pausa y retomamos la charla sobre trivialidades —que ya empezaba la temporada de *puntarelle*, que los Ferragamo buscaban un nuevo diseñador, que las colas para el control de seguridad en el aeropuerto de Linate eran impresentables a pesar de las recientes reformas—.

Al terminar de cenar, encaminándonos de regreso al hotel, le dije a Pilar que los veranos como antes nunca más volverían. Respondió que era un exagerado, que lo mismo había dicho de la pandemia y que viera. ¿Que viera qué?, pregunté. ¿Que nos viera escondidos tras las mascarillas? Con miedos, desconfianzas e incertidumbres recién estrenados. Siempre me frustró su manera de minimizar las cosas. Su optimismo me parecía forzado, falso, aunque, en retrospectiva, quizás esas eran sus mañas para sobrevivir y avanzar. Y lo ha conseguido. Pilar está orgullosa de su familia, se quieren bien, su marido es un buen hombre y algún día serán abuelos. Su vida se asemeja a lo que en algún momento quisimos compartir y tenerla cerca me ha permitido asomarme a lo que pudo ser. Un camino que no quise seguir. Yo giré en otra esquina y la ruta que emprendí me trajo hasta aquí, a esta blancura omnímoda —blanco el cielo, blanco el sol, blanca la nieve, blancas las montañas—, tan cerca de donde se acaba el mundo.

Javi aprovechó el día que estuvo confinado para estudiar el fenómeno de las auroras boreales: sus causas, la escala para medirlas y las condiciones ideales para verlas. Ya me había quedado claro que en Islandia un simple reporte meteorológico no basta. Hay que consultar varias fuentes para saber si se puede volar, conducir, correr, qué tipo de nieve caerá y a qué velocidad soplarán las ráfagas de viento. Javi ha incorporado a esa lista las predicciones del índice KP para medir la intensidad de las tormentas solares. Qué nombre más poético. «Las veremos esta noche», promete entusiasmado, después de anunciar que ha amanecido como si nada. «Te dije que era solo un resfriado». Esperará a que arremeta la tormenta de nieve que se ha vuelto a desatar antes del amanecer para ir a ver a los mamuts. Le sugiero que vaya a solas para que lo experimente a sus anchas, como lo hice yo.

Me instalo en la planta superior y escribo algunas líneas para recopilar primeras impresiones. Ese magnetismo que los anuncia desde antes de verlos, tan propio de las más grandes maravillas; la inercia de lo monumental y, contundentemente, su tamaño: el mamut es el mamífero terrestre más grande que se pasea hoy mismo sobre el planeta. ¿Cuándo fue la última vez que vi a un elefante? No lo recuerdo. En Sri Lanka, creo, durante aquella peregrinación en la que los adornan con guirnaldas de luces led y los pintan de colores pastel. Elefantes de templo engalanados por toda la ciudad, venerados y maltratados en la misma medida. Pero, en cualquier caso, da igual cuántos elefantes africanos o asiáticos haya uno visto, nada puede preparar la mirada para la magnitud de estas bestias, ensanchadas aún más por sus lanas densas, oscuras, colmadas de vida.

Comparto los posibles títulos con mi agente y me responde enseguida, entusiasmada, que ya quiere leer algo, saber algo. Aunque cuida sus palabras, su correo viene sembrado con reclamos: «Te estamos esperando, Silvestre. Tienes una maquinaria que está echada a andar y no se puede detener». Ya lo sé, mujer, llevo tres décadas viviendo así, con ese zumbido que me pandea las orejas, me pisotea los talones y me obliga a correr. Miento que pronto le compartiré algo más.

La última vez que me masturbé fue en Castelldefels. Me siento en el sofá, me coloco el visor y dedico tiempo para encontrar el cuerpo que más se parezca a los volúmenes que he podido intuir bajo su ropa. La piel correcta, el vello justo, los huesos que se asoman entre los músculos de sus brazos y sus piernas. Hoy quiero ser él. Escojo mi avatar y le agrego su rostro.

Le pido que se desabroche su camisa a cuadros y lo hace botón a botón, mientras que, con su sonrisa, me invita a que yo también me desnude. «Yo soy tú, Javi; tú eres yo», preciso. Incorporo a la niñita *barely legal* a mi lado y empiezo a masajearle las tetas que crecen entre mis manos. Me meto un pezón a la boca —sabe a helado de fresa— al tiempo que Javi se despoja de su camisa. Es una escultura desde la punta de su nariz hasta el ombligo que signa el sur de su torso y donde nace una selva de vello crespo. ¿Cómo será su polla? Suelta una carcajada y me pregunta si la queremos ver. La nena suplica que sí, pero que antes quiere que la bese. Se besan y al hacerlo los omóplatos de ella se cubren de plumas hasta reventar en un fastuoso par de alas blancas. Él le chupa la misma teta que yo me acabo de llevar a la boca, lo hace con fuerza hasta sacarle leche. «*Strawberry milkshake*», ríe y la malteada se le escurre de los labios. Ella la intercepta con los dedos para llevarse su propia leche a la boca. Gime al probarla. Javi me mira mientras se desabrocha el pantalón y empieza a tirar de su cremallera. Cierro los ojos. Los de verdad. Y mi imaginación se engresca con la realidad virtual: el pene del nadador de Reikiavik aparece frente a mí, desmembrado del resto de su cuerpo, con su vello recortado en una forma geométrica tan curada, como un coño perfecto. ¿Es un pene o es una vulva? ¡Mi avatar hermafrodita! Y busco esa opción: Javier hermafrodita, con una polla cincelada en la mejor carne; y, entre sus piernas, un coño de piel húmeda y rosadita que se me hace agua entre los labios, mientras su erección, palpitante y fibrosa, crece por encima de mi cabeza hasta que el glande descansa sobre mi hombro izquierdo. Lo conduzco hacia la vulva que se abre deseosa ante él. Se retuerce en ganas y su torso parece el de un lagarto. Lo introduzco: Javi se folla a sí mismo. Se goza como una versión erótica del uróboros, la serpiente que devora su propia cola, mientras la nena cabalga su nariz; la quijada de Javi enterrada entre los muslos de mi niña, su lengua azul ultravioleta la acaricia hasta que la nena se corre y le cubre el rostro de un líquido en el que flota purpurina rosa, dulce. Él lo bebe a tragos, con necesidad. Bebe directamente de su coño, la succiona hasta dejarla seca. Bebe hasta hacerla desaparecer dentro de su boca y con ella ahí, hecha saliva, se acerca, susurra «en algún momento tenía que pasar» y me besa los labios. Cedo y dejo que su lengua entre en mí, que se pasee entre mis dientes, que sobe mis encías y que me llene la boca de burbujas que revientan contra mi paladar. Me masturbo y él se folla con fuerza. Rabo, vagina, vello, fluidos, músculos, grasas, frotes, todo se funde en una masa única hasta que los dos expulsamos un caudal de esperma que nos ensortija y nos cuaja una vez más en nuestros cuerpos. El suyo fulge teñido desde adentro y sus ojos amarillean rayos de luz. Un charco de esperma me cubre abdomen y pecho. El olor a amoniaco me trae de vuelta a esta realidad.

Me limpio, guardo el visor, bajo a la cocina a preparar un té que vierto en mi termo y alisto las cosas para ir a nadar al polideportivo. En la piscina se presenta la venezolana que atiende tras el mostrador. Por amor, explica, ha terminado en el norte islandés más profundo y me muestra una foto de su marido. «¿A poco no se parece a Ewan McGregor?». Miento que sí, dice que es escritora y pregunta que a qué me dedico yo. «Al cine», respondo parco. Presiento que me ha reconocido, aunque disimula no hacerlo. Asegura que Þingeyri me va a gustar, «este pueblo tiene mucho encanto, ya verás. Aquí el mundo se acaba más despacito». Me sorprende su acidez, su confianza para expresarse así. Será la emoción de toparse con alguien que hable su idioma. Que si ya he ido a otras piscinas en Islandia, pregunta, y gesticulo que sí, que ya conozco el ritual.

Al entrar al vestuario me topo con dos gemelos idénticos, jóvenes, que apenas rezongan un saludo mientras terminan de vestirse con sus ropas grises, anticuadas y sus jerseys islandeses a grecas. Yo me desnudo, me ducho con jabón y pongo especial énfasis en pies, genitales, axilas y cabeza. Ya en la piscina, antes de meterme al agua, un grupo de ancianos sentados en torno a una mesa frente al ventanal, en bañador y con sus carnes moteadas de lunares púrpuras y verrugas, me invitan una taza de café y unos grasientos blinis con salmón ahumado y huevo duro —de ese tan cocido, que en torno a la yema se forma un aro color verde—. El menos anciano es el único que habla inglés y hace las veces de traductor. Se llama Sigmunð, tendrá, calculo, unos 75 años y es, también, el que se mantiene en mejor forma. Se ha corrido la voz de que dos españoles están en el pueblo y me pregunta si es verdad que hago películas. Respondo que sí. «¿Eres actor?». «No, las escribo y dirijo». Pregunta, entre risas, si haré una sobre ellos y una anciana sin dientes me pone cara de coqueta. Respondo que quizás, que los mamuts… «Ah, claro, ¡los mamuts!». Y los demás ríen al reconocer esa palabra.

Salgo del polideportivo al espectáculo del atardecer: las montañas que contienen el fiordo se alzan borrosas entre bruma anaranjada, violeta y rosa. Atravieso la plaza de la iglesia y recorro la calle que conduce a la nave industrial con el grafiti del zorro para dirigirme a la gasolinera. Ahí, detrás de la única caja registradora del pueblo atiende una mujer a la que un ojo le brilla de manera distinta. El derecho es azul, y el izquierdo, su ojo raro, relumbra un gris plata similar al color del mar. No sé si sea tuerta o, al contrario, tenga una pupila biónica con visión superdotada.

Javi me espera sentado en una de las mesas frente a la ventana. Desde lejos noto su emoción. «¡Los mamuts! Qué locura, chaval». Nos tambaleamos entre las sillas de lo efusivo que es su abrazo. «¡Son enormes!», dice con todo su cuerpo. Ha pasado varias horas con ellos, observándoles desde la distancia. Le entusiasma que los vayamos a filmar y, entre palmadas, me agradece por haberle traído a Islandia.

La mujer del ojo biónico se acerca para preguntarme si quiero tomar algo. «Un té, por favor». Detrás de la caja registradora cuelga un retrato suyo excesivamente retocado con una cascada como fondo. Javi dice que la vio volver de la playa junto a dos mujeres más, en bañador y con botas de nieve. Imagino su piel como la de las focas, bien compacta a un abrigo natural de grasa que se le ensancha en abdomen y caderas. Lleva el pelo muy corto, como tantas de sus corpulentas coetáneas islandesas. Juntas podrían parecer un conglomerado lésbico, encerrado en el armario y frustrado con las voluminosas tripas de sus maridos. Recién lo había dicho Sigmunð en la piscina: «las mujeres se bañan en el mar. Nosotros, los hombres, no». «El agua está a 0.5 °C», precisa Javi.

La mujer nos explica, uno a uno, los geles proteicos entubados en cilindros multicolores que tiene en la nevera. El que más le gusta, dice, es el de hueva de salmón, aunque a mí me llaman la atención los de pato salvaje o de estofado de reno. También hay de arenque, de ternera, de pollo, pavo y cangrejo azul. Son para sándwiches, o para condimentar caldos, precisa y hace un ademán con los brazos que me da entender que se trata de un alimento de engorda. No necesito leer islandés para comprobar la cantidad de químicos, saborizantes artificiales y sodio que contienen. La verdura fresca, como era de esperar, tiene muy mal aspecto, así que cojo maíz y guisantes en conserva. Javi se emociona al descubrir la famosa Viking, la cerveza islandesa en llamativas latas doradas que, si no me falla la conversión, es relativamente barata comparada con los precios en España, donde la cebada se nos ha ido por los cielos. Todo lo demás que compramos es carísimo, incluidas las barras de azúcar y grasas saturadas que pretenden imitar a los chocolates de antes.

Volvemos a casa, preparamos un arroz frito con huevo, cebolla, zanahoria, patata y guisantes, sazonado con soja y jengibre y, con las luces apagadas, nos sentamos en la planta superior a esperar que se ilumine el cielo. Según las predicciones de su móvil, la mejor visibilidad será a las tres de la madrugada. «Si es que el viento no desplaza estas nubes que tenemos al sureste». Abrimos un par de cervezas —lager ligera y refrescante, mucho mejor de lo que esperaba— y llamamos a Elena que atiende desde su cama. Javi le pregunta si nos echa de menos y ella responde, entre risas, que a solas está más tranquila. «Los animales están todos bien, solo el halcón echa en falta a su nuevo amigo».

A eso de las diez y media Javi sale a asomarse y me grita desde el porche. Me apresuro a seguirlo hasta la calle, ambos en pantuflos y pijama, conteniendo nuestra emoción para no importunar a los vecinos. La aurora se contorsiona en el cielo como una serpiente verde que, por encima de nuestro tejado, nos mira con ojos obscuros, del color de la noche. Entramos a casa halando la nieve, cogemos gorros, abrigos, guantes, nos ponemos las botas, volvemos a salir y corremos en dirección al valle de los mamuts. Nos detenemos frente al cartel que anuncia el final de Þingeyri. Prefiero no sobrepasarlo, porque más allá merodean espectros desconocidos, sobrenaturales, que hablan otro idioma. Ya habrá momento de fraternizar con ellos, pero no ahora.

Como buen cazador, Javi necesita llevarse algo consigo, algún trofeo, fotografías, al menos. Para ello, confirmamos que vienen bien las farolas del pueblo y algún objeto en primer plano que le permita enfocar, así que me usa a mí y dispara una tras otra. A mis 59 años, es uno de los fenómenos más bellos que jamás he visto. Nunca antes había podido apreciar la curvatura de la bóveda celestial y sus vastas dimensiones que ponen en contexto nuestra propia insignificancia, lo poco que le importamos al universo. En cuestión de minutos logramos entrenar la vista para distinguir las nubes de las luces nórdicas. Sobre el mar flota una que creemos nube y, como si nos hubiera escuchado, se alabea en esplendores verdes y púrpuras, dilatándose por el cielo. Javi se recuesta sobre la nieve para tener una mejor perspectiva. Yo lo fotografío, retrato el efecto de la aurora en su rostro, en lo contento que está.

Nos instalamos de nuevo en la planta superior, con las luces apagadas, atentos al cielo por si se vuelve a iluminar. La farola de la calle alumbra lo suficiente para vernos las caras y distinguir nuestros gestos, mientras probamos, una a una, las carísimas golosinas que compré en la gasolinera. Entusiasmado, confieso que el espectáculo de la aurora es de lo más bello que he presenciado. Él sonríe con sus dientes chuecos y con esa cara de niño que le brota cuando es feliz. Devoramos los falsos chocolates poseídos por una especie de hambre química, como si la aurora hubiera tenido el efecto de un buen porro. Bajo a la cocina por un vaso de esa agua tan fresca que tienen los islandeses. Bebo dos frente al fregadero y relleno uno más para Javi. «¿Quieres agua?», le pregunto al subir las escaleras. Responde que sí, sin levantar la mirada de su móvil, mientras revisa las fotos que ha hecho de los mamuts.

—Parecían un rebaño —digo y extiendo el vaso frente a su rostro. Asiente con la cabeza.

—¿Será su instinto o los hemos condicionado? —pregunto.

Le da un sorbo al agua y con labios hechos trompa reclama que no me he dado a entender.

—Ovejas, cabras, gallinas… desde pequeñas, entienden dónde está el granero, de dónde les llega el alimento. Dónde está su refugio. Pero ¿un animal salvaje? Pensé que estarían adentrados en el valle, escondidos.

—¿Te esperabas un safari?

La verdad es que sí. Pensé que íbamos a tener que preparar una expedición, levantarnos al alba, sudar, sufrir un poco, rendirnos a nuestra suerte.

—Quizás sí.

—Y en su lugar encontramos una granja prehistórica —ríe.

No pudieron ser así los mamuts en la prehistoria. ¿A poco el hombre edificó su virilidad en un animal tan dispuesto a comer de su mano?

«Y los ojos se le fueron a blanco», dice al apoyar su cerveza sobre la mesa. Nos hemos terminado todas las golosinas y ahora nos dividimos uno de esos panes dulces glaseados color rosa fluorescente que traen desde la panadería en Ísafjörður y que, en realidad, habíamos comprado para el desayuno.

—Asumió una postura que no reconocí —continúa—, con el cuello estirado hacia adelante y hacia abajo, las rodillas flexionadas y la cola elevada, alargando su silueta. Sus patas me parecieron más largas de lo normal. Giraba sobre sí mismo, rascaba el suelo y con la nariz removía la viruta. Más bestia que nunca, ajeno, privado, encerrado en su agonía, me recordó a la vez las figurillas de Lladró de mi madre, tan frágiles, tan fáciles de romper. Sus corvejones, también flexionados, y sus nalgas alzadas distorsionaron su silueta. Adoptó la postura para orinar sin conseguir hacerlo. Giró y giró sobre sí mismo, con más fuerza. Por un momento posó sus rodillas sobre el suelo a punto de rendirse, se alzó para dar algunos pasos más hasta dejarse caer sobre un costado con un profundo suspiro. Esos suspiros equinos que suenan a tormenta. Y ya no se pudo alzar. Apoyó la cabeza y encogió las cuatro patas, descubriendo su voluminoso vientre, como cuando un perro pide que le rasquen la tripa. Se revolcó, la crin se le llenó de viruta y se encogió en una convulsión. Los ojos se le hundieron y se empapó en sudor. Llamé a mi padre, le grité, incapaz de alejarme de la caballeriza. Había ido a pedirle ayuda al vecino. Entraron a las cuadras agitados, mi padre empuñando una manguera, el vecino y yo le sujetamos la cabeza y mi padre la enfiló por su nariz con determinación. Me impresionó lo larga que era y cómo desaparecía adentro del animal. Su mirada se llenó de terror. A través de la sonda le bombeó agua hasta el estómago que después succionó con la boca para depositarla en un balde. Ahora era lechosa y olía a paja caliente. El caballo comenzó a convulsionarse y se le descolgó la lengua, inmensa, de un rosa perfecto. Estaba ahí, entre la viruta como si fuese otro animal que se le salía de entre los dientes. Los ojos se le fueron a blanco y, en un instante, la lengua cambió de color. Se puso púrpura. Sin sangre ya. Muerta. Nunca había visto a mi padre tan apurado. Frunció su rostro con fuerza y entre los surcos de su mueca le vi las lágrimas que intentaba reprimir. Me dijo que los animales eran nuestra responsabilidad. Y que había que honrarla.

Su historia me recuerda a las dos cabritas enanas, de las africanas, que se me habían muerto hace años. Primero el macho y dos semanas después su hermana, que se había hecho tan de mí y de los perros. Dormía en su transportín, al lado de mi cama, hacíamos la siesta juntos, me seguía hasta la piscina y la ducha. Ambos tuvieron los mismos síntomas. Los dos se me mearon encima poco antes de exhalar su último suspiro, de que los ojos se le fueran a blanco como al caballo de Javi. Aquella orina caliente les empapó tripa y patas traseras y me mojó brazos, camisa y piernas. La hembrita y yo nos miramos antes de que se privara, sus ojos ya atentos a los arcanos que tenía enfrente.

—Cuando conectas así con un animal, se vuelven parte de ti, te vuelves parte de ellos. Yo llevo tanto de esos bisontes que he matado, cada vez que nos hemos visto, se han vertido ellos en mí y yo, tanto, en ellos. Hay que recordar que no eres solo tú quien los ve. También son ellos los que te observan con la misma curiosidad, el mismo asombro.

—¿Y luego viene el disparo?

—El disparo. Es un momento sagrado, Silvestre. Yo lo honro con toda la conciencia que me inculcó mi padre. Ellos mueren para que yo pueda llevar comida a mi mesa, para que pueda alimentar a mis niñas.

Supe que Javi era el compañero de viaje ideal al constatar, durante las semanas que pasó con nosotros en Ibiza, lo primaria que es su relación con los animales, colmada del respeto más noble. Los perros le cogieron un cariño especial, aquel que reservan para quien los sabe tratar, les inspira confianza y, la cualidad más rara, les ensalza su instinto animal. Hablamos sobre ellos y los diez mil años de amistad que nos unen con su especie, a pesar de los abusos, la violencia y el olvido a manos nuestras. Él menciona a los de su infancia: pastores leoneses astutos, bonachones, fieles y trabajadores. Yo hablo de Mago y de lo suave que eran sus orejas. Le cuento que hace tiempo, durante la promoción de mi película *La luz del terciopelo*, una periodista italiana me preguntó que cuál era mi textura favorita al tacto: «las orejas de Mago».

—Recuerdo cada detalle suyo —le digo a Javi— con mis cinco sentidos. El ruido que hacían sus patitas al caminar sobre las baldosas de barro; el timbre de sus ladridos cuando encontraba un erizo en el bosque; sus bufidos cuando uno de los gatos se echaba junto a él sobre el cojín de terciopelo amarillo que les ponía frente a la chimenea; sus ladridos sordos mientras dormía y la ebullición de sus gruñidos cuando algún desconocido llegaba a la finca; su olor, especialmente después de revolcarse en las lavandas o el romero; incluso el ácido olor de su vómito; cómo se enrubescía cada verano y los relumbrones dorados de su pelaje cobrizo, las puntas claras del frondoso penacho que tenía por cola y cómo se le erizaban con la humedad; el sabor mineral de su sangre, mezclada con la mía al lamerme mis heridas, marcas de sus colmillos, aquella noche cuando lo atropellaron. Y su mirada, esa la recuerdo con un sexto sentido.

—Nuestro bendito pacto con ellos, fueron los lobos quienes escogieron al hombre y no al revés. Ellos nos adiestraron, nos educaron y formaron a su conveniencia. El lobo nos escogió porque supo ver en nosotros un potencial que hasta la fecha ignoramos.

Nieve, sensación térmica de 14°C bajo cero y ráfagas de viento de cincuenta kilómetros por hora. Intentaré correr. Le pregunto a Javi si le importa que me adelante. Responde que no, mientras calienta agua en la endiablada tetera eléctrica. Él saldrá una hora más tarde, después de desayunar dos rebanadas de pan blanco untados con los geles que hemos comprado en la gasolinera. «Te dejo mis cosas en el coche, ¿vale?». Que sí, que las deje ahí y que disfrute.

Me visto con mallas y camiseta de manga larga térmicas, calcetines térmicos también, chaqueta impermeable y gorro. Frente a la puerta me enfundo los guantes, el tubular para protegerme el cuello y me pongo las zapatillas, las gafas y una careta contra el viento. Coloco en el asiento trasero de la camioneta mi cámara, los binoculares, un termo con té y mi mochila con una toalla para secarme el sudor y una muda de ropa.

Son casi las ocho de la mañana. El viento sopla a mi favor, pero se cuela a través de la tela de mi chaqueta y me hiela la espalda. Las gafas se empañan enseguida, intento limpiarlas, pero es inútil, así que las guardo en el bolsillo de la chaqueta. Corro con cuidado de plantar bien los pies a cada paso, muy atento al camino. Los cuervos, una vez más, son los dueños de la mañana y la reclaman con sus graznidos. Uno de ellos se deja llevar por el viento hasta aterrizar sobre una antena desde donde me observa. Más adelante, una parvada de gorriones aletea a poca altura sobre un páramo cubierto de nieve.

Dejo atrás el pueblo y me enfilo hacia el valle por la carretera paralela a la playa. Superada la primera curva, la colina me resguarda del viento y, finalmente, alcanzo a oír mi propia respiración. Es superficial, el aire helado me impide hinchar los pulmones y, cada vez que inhalo, advierto como la humedad de mi propio sudor adhiere la tela de la careta a mi rostro. A mi derecha, a pocos metros de la orilla, escucho un ruido en el agua y al girarme noto un lomo oscuro, reluciente y apiñado que desaparece entre las rocas cubiertas de algas lanudas. Se sumerge y las ondas delinean sus movimientos. Más adelante advierto otra silueta similar y luego el contundente splash de un cuerpo que abofetea la superficie del agua. Demasiado grande para ser un pájaro. ¿Salmones? No tengo idea de qué tan grandes sean. De pronto, entre las algas que se enredan con el vaivén del mar de fondo, se asoma la perfecta redondez de un cráneo y un par de ojos grandes y expresivos que me observan con inconfundible curiosidad mamífera. Es una foca con bigotes largos y su hocico a medio sumergir. No está sola. Son, al menos, una decena y me miran con una curiosidad similar a la de un perro. Las que chapotean, intuyo, son adolescentes y, sobre las rocas descansan los adultos con cabeza y cola suspendidas en el aire, en aquella posición de tarjeta postal. Una de ellas se estira para verme, alardeando su bellísima piel moteada. No me sorprende que los marineros ebrios las confundieran con sirenas obesas. Retomo la carrera y las focas jóvenes me acompañan unos metros hasta que el grave runrún de unos neumáticos las ahuyenta. Tras de mí se aproxima un todoterreno que salpica nieve a su paso. El conductor disminuye la velocidad y me saluda a través del parabrisas. Es Sigmunð, el cabecilla del grupo de octogenarios que se reúnen a comer blinis grasientos en la piscina. Se detiene, baja la ventanilla y grita: «¡Estás loco!». Hace demasiado frío y viento incluso para los estándares de un viejo islandés. Le digo que estoy yendo a ver a los mamuts y, con una gran sonrisa, pregunta si nos gustaría, a Javi y a mí, ir a cenar a su casa. Una cena hecha en casa, su mujer es una gran cocinera, promete. Me sorprende su gesto y lo acepto con gusto. Lunes de la próxima semana, perfecto.

Me seco, me cambio y bebo un poco de té, mientras Davið nos instruye sobre cómo aproximarnos a los mamuts con el coche. Javi me ha preparado un sándwich de gel de salmón y rodajas de pepino que devoro en pocas mordidas. Sabe a salmón, sí, pero su consistencia es particular, como una jalea densa. Presiento que consumiremos muchos de estos geles en los próximos días, así que más vale acostumbrarse. «Tranquilo, que pronto comeremos carne de verdad», susurra Javi al notar mi desencanto. «Es muy importante que dejéis que os huelan», continúa Davið, «posicionaros de tal forma que el viento les haga llegar vuestro olor porque, si no, se me ponen nerviosas las fieras». Nos montamos en el todoterreno, Javi al volante, yo en el asiento del copiloto y respondemos, al unísono, que no es necesario, cuando Davið pregunta, una vez más, si estamos seguros de que no queremos que nos acompañe.

Nos detenemos frente a una cancela metálica de un espesor que solo he visto en los ferris que unen las islas con la península y no puedo evitar pensar en *Parque Jurásico*. Me parece una exageración, son mamuts, no tiranosaurios. Una multiplicidad de carteles en islandés e inglés, con el logotipo de Colossal Genetics, advierten que ese recinto es propiedad privada. El Ministerio Islandés de Recursos Naturales y Cambio Climático ha colocado otro que explica, a grandes rasgos, el origen de los mamuts y que califica con una D amarilla —en una escala que va de una A verde a una G roja— el impacto ambiental del proyecto y especifica que el mayor contaminante es dióxido de carbono. «Los pedos de los mamuts», digo en voz alta. Apenas atravesamos la cancela, desde la distancia observamos a la manada que se ha alejado del granero hacia las colinas del oeste. La hierba que empieza a asomar entre la nieve, prensada por la lluvia de la madrugada, remata las laderas con brochazos marrón y verde. Javi conduce a baja velocidad y la fina capa de hielo que cubre el terreno fangoso cruje bajo los neumáticos, hasta que nos detenemos a unos cien metros de las bestias. Bajo la ventanilla y con los binoculares las observo a detalle. Tienen la lana escarchada —algunos más lanudos, su lana más frondosa o más larga— y sus cuerpos —grandes todos, enormes— humean. Se percatan de nuestra presencia aunque permanecen indiferentes, excepto el macho que nos vigila con atención. Vistos así no me parecen tan a la mano como los había concebido en un inicio. Javi también baja su ventanilla y posiciona el vehículo en dirección del viento. «Para que nos huelan», dice, «que sepan quiénes somos. Que sepan que venimos en paz». El macho cambia de posición para revelarse en toda su monumentalidad. «Míralo que rubito que es», comenta Javi. Los mechones que abomban la cúpula de su cráneo son color paja. También los que le cubren la joroba. «Rubio es un buen nombre», respondo. Sus colmillos crecen como dos espirales en direcciones opuestas y culminan en una curva que se riza hacia su mandíbula, con las puntas que vuelven a acoplarse. El izquierdo es bastante más corto. Presto atención al tamaño de sus orejas, efectivamente mucho más pequeñas que las de los elefantes, como las del mamut del vídeo de YouTube. Las dirige hacia nosotros y eleva su enorme trompa que roza el suelo para olfatearnos. «Venimos en paz, Rubio», repito en voz baja.

A través de los binoculares observo sus ojos: insistentes, oscuros, pequeños en relación a su enorme cráneo y hundidos tras un flequillo igual de claro que su copete. Un torpe chorro de orina gotea bajo su vientre expeliendo vapor. Le pido a Javi que apague el motor para poder escucharlo y Rubio emite un bufido que se prolonga durante varios segundos. Asperja nieve con su trompa y la manada se acopla a su señal para empezar a alejarse. Él, en cambio, se aproxima unos metros hacia nosotros con sus orejas echadas hacia adelante y la punta de su trompa erguida como si fuese la escotilla de un submarino. Nos olfatea, escucho su potente trompa que succiona aire, la contrae, arrugándola y la vuelve a extender en un potente barrito que me retumba en el pecho. Los binoculares se cimbran entre mis manos. Con repentina agilidad, el macho acelera sus pasos en nuestra dirección, desplazándose a una velocidad desafiante. La lana que le cubre las patas barre la nieve y levanta un velo aparatoso e intimidatorio. Javi pone en marcha el motor y pisa el embrague, sin meter aún la palanca del cambio. Rubio no titubea y se deja venir con todas sus toneladas prestas a embestirnos. Los neumáticos derrapan batiendo nieve y fango hasta que logran coger tracción y retrocedemos en el segundo preciso. Esquivamos la embestida por unos cuantos centímetros y mi risa nerviosa no basta para disimular el susto, mientras dejamos atrás al macho torvo que desacelera su paso.

Davið suelta una carcajada al vernos. «Ahora sí: ¡bienvenidos a los Westfjords!», exclama con los brazos abiertos. Lo seguimos hasta el granero, yo aún con mi risa de tonto y los nervios que no he logrado templar. Efectivamente, la última vez que había visto elefantes fue en aquel viaje a Sri Lanka y, durante un safari, un macho embistió nuestro Jeep. En aquella ocasión, después de ahuyentarlo a gritos, el guía explicó que el secreto era vociferar groserías. Aseguró que mientras más altisonantes, más efectivo era. Pero lo de hoy nada tiene que ver con aquella anécdota. Las dimensiones del mamut exageran todo, su simple tamaño implica un riesgo. La fuerza bruta que debe tener para mover un cuerpo de ese calibre y la sorprendente velocidad con la que logra hacerlo imponen. «Por un pelo», le comenta Javi a Davið.

En el granero, sobre la mesa de trabajo y colgadas del muro hay decenas de herraduras.

—Las estoy revisando para descartar las que ya no sirven. Se las quité a los caballos al inicio del invierno. Pronto empezaré a herrarlos de nuevo.

—¿Cómo se llama el macho? —pregunto.

—¿El mamut? ¿Nombre? Pues la verdad ni tiene…

—Lo hemos bautizado Rubio —dice Javi.

—¿Rubio?

—Sí, por esas mechas rubias que tiene —explico.

—Le va bien —dice Davið.

—Vaya carácter que tiene el bicho, ¿no? —comenta Javi.

—Es muy territorial. A veces lo ofusca su testosterona y hace tonterías sin pensar...

—¿No son normalmente las hembras las que dominan la manada? Entiendo que, al menos, los elefantes se organizan en matriarcados —pregunto.

—Sí, en África. Y ahí no tienen de vecinos a estos ponis —muestra la herradura.

Qué vida tan extraña la de estos mamuts resucitados y confinados a una granja entre caballitos islandeses.

—¿Queréis una cerveza?

No han dado siquiera las doce, pero sí. El susto lo amerita. Detrás de lo que, en su momento debieron ser comederos para animales de una talla normal, hay una puerta amarilla que conduce a su oficina pequeña, ordenada y acogedora. Difícil pensar que este sea el espacio de trabajo de la misma persona que conduce un coche repleto de latas vacías de Pepsi. Bajo el escritorio tiene una nevera y de ella saca tres Vikings. Brindamos, «de nuevo, bienvenidos», dice y, con birra en mano, nos muestra la boardilla que hay en la parte superior, toda de madera y con el suelo forrado con pieles de ovejas.

—Yo mismo la construí. Nunca he dormido aquí, pero pensé que no estaba de más tenerla por si algún día necesito escapar de mi mujer.

—¿Hijos tienes? —pregunta Javi.

—Un hijo, sí, que estudia biología marina en Akureyri... Salió a su madre, no a mí.

—¿Tu mujer es bióloga? —pregunto.

—No, historiadora. Escribe de cosas muy, muy viejas.

Para Davið, la historia es algo lejano, ajeno. Él es un hombre de campo y cumple con la inmediatez que ello le exige.

—Mi exmujer también es historiadora —comento.

—La mía ha publicado dos libros —agrega orgulloso— uno sobre mujeres vikingas. Es muy... —busca la palabra y con los brazos dibuja un rectángulo en el aire.

—¿Estructurada?

—¡Estricta! Por eso construí aquí esto —ríe.

—¿Es de Þingeyri?

—No, de Ísafjörður. Si fuera de Þingeyri sería mi prima —carcajea—. Por eso todos aquí están un poco tocados, ¿sabes?, demasiado incesto...

Comento que conocí a un grupo de octogenarios en la piscina y que Sigmunð nos ha invitado a cenar a su casa la próxima semana. Con una mueca me da entender que él y su mujer son los pijos del pueblo.

—Vais a cenar bien.

—¿Qué nos cuentas de Þingeyri? —pregunta Javi.

—No hay mucho que decir. El mundo es un caos pero en Islandia tampoco es para tanto. Aquí no pasa nada. Ni bueno ni malo. Flateyri al menos tuvo la avalancha. Fue una tragedia, murió mucha gente, pero el pueblo despertó. ¿Sabéis lo que os quiero decir?

Se refiere a la avalancha que la madrugada del 27 de octubre de 1995 sepultó a la localidad vecina. La montaña Skollahvilft rugió con hielo, nieve y rocas matando a veinte personas. Diecisiete casas quedaron bajo la nieve, de entre las cuales, solo una suponía estar en zona de alto riesgo. La densa capa de hielo y nieve no permitió que se enterrara a los muertos. Así que, después de conservarlos durante semanas en la morgue de Ísafjörður, decidieron darles sepultura en Reikiavik, a cuatrocientos kilómetros de distancia.

—Aquí en Þingeyri se vive sin conflicto, pero también sin ganas. No hay ilusión, todos están medio dormidos, medio despiertos. Algunos vecinos se marcharon a buscarse la vida y volvieron, pero se dejaron la voluntad por el camino...

—¿Y por qué ha vuelto la gente? —pregunto.

—Porque, dentro de lo que cabe, Islandia no está tan mal. Tenemos un buen sistema de salud, seguridad alimentaria, el desempleo es bajo, joder, incluso tenemos nuestra cerveza...

Doy un trago triunfal a la lata de Viking que tengo en la mano.

—Leí que la industria de la pesca se ha reactivado.

—Sí, los pescadores salen una vez más al mar. Pescan lo poco que encuentran y nos lo comemos casi todo nosotros. Es parte de una política proteccionista que, aunque nos ha aislado, al final funciona y, de hecho, creo que somos el único país en cuyos litorales la población de peces ha crecido.

—Y tanto… Nosotros no tenemos nada. El Mediterráneo es un desierto marino desde hace años.

—Pues aquí gobierno e industria producen lo suficiente para alimentarnos. Durante años nos volcamos al turismo, hubo cierta bonanza, pero las pandemias y las guerras terminaron por aislar una vez más a nuestra península, regresándola al tiempo de nuestros abuelos —se asoma por la ventana—. En Þingeyri no pasa nada —repite con un suspiro—. «Nubio» es lo más interesante en nuestra historia reciente.

—Rubio —corrige Javi.

—Rubio —repite, con la erre muy silbada —pensarías que los que regresaron habrían traído consigo ideas nuevas, ganas de hacer cosas distintas. Pero no. Sacudieron los muebles que habían dejado cubiertos con sábanas, cambiaron el cristal roto de alguna ventana y ya está, a seguir la vida como la vivieron sus padres y sus abuelos. Al menos los polacos que trabajan en los barcos de pesca trajeron un poco de intriga.

Javi pregunta que a qué se refiere. Yo me acerco a la ventana con ganas de volver al valle.

—¡Robaron en mi casa! Una tarde salí con mi mujer a caminar y, al volver, la puerta de la cocina estaba abierta y adentro todo desordenado. Nos resultó tan extraño que pensamos que habría sido el viento. Un tornado que se nos había metido en casa… Pero el viento no se lleva una botella de whisky. La policía no daba crédito. Un robo en Þingeyri…

—¿Y cómo supisteis que fueron ellos?

—Porque echaron la botella vacía en el cubo de basura que comparten con mi primo, ¡su vecino! —ríe—. Fui a enfrentarles y lo admitieron. Como si hubiesen cogido prestada una pala del jardín. Desde entonces no han vuelto a robar nada, aunque los padres de familia están mortificados porque sus niños son muy canallas. Si me preguntas a mí, les viene bien a nuestros niños tener de vez en cuando algún compañerito más macarra en el cole...

—La verdad es que robar aquí, recién mudado... —comenta Javi.

—¿Por qué crees que en Islandia casi no hay crimen? Si robas o matas, ¿dónde te vas a esconder? Nos conocemos todos. No nos matamos porque nos falten las ganas, sino porque no hay a dónde huir.

—Leí que hay solo cinco prisiones en Islandia —apunto.

—¿Cinco? Pues no conocía el número exacto, pero sé que tenemos pocas.

Así es, lo he estudiado: Islandia tiene cinco prisiones con una población que oscila los 150 reos, un número que se ha mantenido estable durante el último siglo. Hacia finales de la década de los veinte hubo un incremento temporal en el número de prisioneros. El hambre y el frío empujaron a algunos individuos, sobre todo inmigrantes, a cometer crímenes menores para que les llevaran presos. Solo una de esas instituciones es de alta seguridad, dos de media, una de baja y dos prisiones abiertas.

—Y ninguna colonia —dice Javi.

—No, ninguna. Lo que sí tuvimos en algún momento fue una de esas ciudades espontáneas, similar a las que hay en Estados Unidos.

Davið se refiere a los fuertes construidos en medio de la nada, en los desiertos de Nevada, Texas o Nuevo México, y habitados por gente a la que, al igual que a los colonos en Europa, se le han agotado las opciones y que se abastecen del contrabando de agua y del saqueo a las farmacéuticas para hacerse, sobre todo, con opioides que los mantienen en un constante letargo.

—Al final no prosperó... —comento.

—¿Y por qué iba a hacerlo? Mal o bien, el gobierno aquí nos da todo.

—De ahí vuestra política migratoria cada vez más estricta.

—Se justifica más que la nuestra, al menos los islandeses obtienen algo a cambio. A nosotros en España, ¿qué nos dan? —dice Javi.

Davið nos ofrece una segunda cerveza antes de que nos acabemos las nuestras. Se lo agradecemos, pero no aceptamos. Volveremos con los mamuts para filmar algo antes de que Javi se marche. «Ah, claro, es que vas a cazar», recuerda. «Menuda suerte que te hayan dado permiso para hacerlo en estas fechas, no es lo habitual». Pregunta que cuándo volverá. «El lunes por la mañana, cuando muy tarde». A tiempo para nuestra cena con los pijos del pueblo.

Javi quiere aprender a usar mi superzoom Canon. «Es una reliquia», comento, «tenéis casi la misma edad, pero es que ya no los hacen como antes». Después de chulearnos toda su potencia, Rubio ha terminado por aceptar nuestra presencia y pasta con el resto de la manada, aunque permanece atento a los gorgoteos repentinos del motor de nuestro todoterreno. Poco a poco empiezo a identificar las características particulares de algunas hembras, a individualizarlas. Está la que podría parecer un poco más vieja, aunque todas tienen, más o menos, unos quince años; la que es más bajita y regordeta; hay una con un mechón igual de claro que Rubio, quizás sea su hermana; otra un poco larguirucha, de figura más esbelta que el resto. Javi señala una que tiene un lunar de pelo blanco en el flanco derecho. Fotografío su lunar.

—¿Todos estériles? —pregunta.

—Todos. Todas estas bestias nacieron en laboratorios y, según entendí, son el equivalente a una mula entre los paquidermos, de ahí su esterilidad. Algo en el número de cromosomas...

—¿Y sacrificaron al resto?

—A la mayoría. Sobre todo a los agresivos. Me pregunto si habrán matado al de aquel vídeo de YouTube.

—¿El que camina frente a un río?

—— 132 ——

—Ese mismo. Era un macho. Sé que hay más mamuts, confinados en laboratorios, quizás esté en alguno de ellos.

—Quiero pensar que uno que otro se pudo escabullir en Alaska y vive por ahí feliz, en paz, alejado de la humanidad —dice Javi.

—Quizás se ha hecho colega del Abominable Hombre de las Nieves.

—El Yeti lo ha domesticado y lo cabalga por la tundra... ¿Ya viste esas dos hembras que están frotando culo contra culo? Préstame los binoculares.

Javi sonríe mientras las observa desde la distancia. Quiero averiguar cómo seleccionaron a los mamuts que tenemos enfrente. Me pregunto si eran ya una manada o si los escogieron uno a uno por sus distintas gracias. ¿Cómo decidió mister Kersey que Rubio sería su macho alfa, su único macho? ¿Habrá un motivo científico detrás? ¿Su tamaño, carisma, su mechón color paja? ¿Simples simpatías o, más bien, indiferencia?

—Es extraño que no tengan nombre, ¿no crees?

—También lo pensé. Muy desapegado.

—Quizás tienen números. Cada mamut con su clave, un código único que lo identifica como material científico.

—¿Sabes si alguien ha muerto aplastado por un mamut?

—¿Aquí o en general?

—En general.

—Hubo aquel incidente en Anchorage con una mamut hambrienta en el parking de un supermercado, ¿recuerdas? Pero creo que los daños fueron solo materiales. Bueno, y la mamut a la que acribillaron a balazos.

—Y también aquella estampida en un parque de Canadá...

—¡Es verdad! Al lado de una fiesta infantil... —tendré que recuperar esa noticia.

—¿Te imaginas una estampida de estos?

—¡Mira esas dos cómo se persiguen! —indico con los binoculares.

Son las mismas que se frotaban culo contra culo. La más pequeña ha comenzado a corretear a su compañera y, una vez más, constato la agilidad que pueden cobrar con sus volúmenes. Me sorprende la expresividad de sus trompas: la mamut perseguida parece indicarle a la otra que pare, que la deje de molestar, mientras que la más pequeña usa su trompa para fastidiarla, enfilándola entre sus patas traseras.

—¿Puedo intentar? —pregunta Javi señalando mi cámara.

—Hombre, claro. ¿Has usado una de estas?

—Qué va, nunca. Pero si me enseñas, yo te enseño a usar el arco.

Javi se marchó después del desayuno para recorrer la isla de punta a punta: diez horas hasta la provincia de los Eastfjords, en la costa opuesta. Me explicó que solo en esa zona hay renos, una especie introducida por los colonizadores daneses en el siglo XVIII y que en algún momento se convirtió en una plaga que amenazó el, de por sí, frágil ecosistema islandés. Encuentro absurdo que vaya tan lejos por tan poco tiempo, apenas dos días, pero a él le vale. Cazar es su apremio. «¿Quién sabe si volveré algún día a Islandia?», dijo, mientras alistaba escopeta, municiones, arco y flechas sobre la mesa del comedor. Me sorprendió el tamaño de las flechas, más robustas de lo que habría pensado. Imaginé su zumbido al cortar el viento, la sangre que brota de la herida y la punta ensartada en la carne, fracturando un hueso, reventándolo en astillas. Realizó un inventario preciso y guardó todo con sumo cuidado, listo para marcharse. Así había yo imaginado nuestras expediciones para ver a los mamuts, preparativos minuciosos para la gran aventura. Me preguntó, una vez más, si no quería acompañarlo. Respondí que no, que lo único que haría sería entorpecer su caza. Habría sido toda una hazaña, pero es mejor así, necesito estar a solas. No quiero que Javi me contagie sus ganas de vida, sus premuras. Él tiene sus objetivos, yo tengo el mío. «Cuando vuelva, comeremos carne», gritó ya desde el coche.

El brebaje que preparé con cabezas de pescado, zanahoria y puerro me ha quedado algo soso así que le agrego una cucharada del gel de salmón que compramos en la gasolinera, lo sirvo en una taza y me siento a trabajar. «Antropocentrismo rancio», escribo como título en una página de mi cuaderno mientras escucho un pódcast. «Científicos y filósofos se arrebatan la palabra sobre si se puede, o no, hablar del suicidio en otras especies», dice el locutor. «Cada septiembre», continúa, «las playas de Tasmania son el escenario de un fenómeno que biólogos marinos no logran explicar. Con una inquietante precisión, decenas de ballenas piloto terminan, año tras año, encalladas en los vastos bancos de arena del fiordo de Macquarie Harbour. Las hipótesis contemplan simples errores de navegación, ocasionados por la geografía accidentada de la costa tasmana y, posiblemente, exacerbados por los efectos de la Torre de Jenga —la desaparición de las abejas habría afectado incluso el paisaje sonoro subacuático—; cambios inusuales en la temperatura del agua que alteran sus habituales zonas de caza o, entre comillas, «suicidios colectivos», motivados por la presencia de un virus en la manada o por la negativa del grupo de abandonar al líder enfermo y que, condicionados por su comportamiento gregario, lo escoltan hasta su muerte. La pregunta es: «¿calificar de suicida el comportamiento de las ballenas piloto es antropomorfismo?». El locutor prosigue a presentar a sus invitados: un filósofo español, un psicoanalista argentino y una bióloga catalana con voz gangosa. Comulgo con las ideas de esta última y me rehúso a pensar que acabar con nuestra propia vida sea privilegio exclusivo de la humanidad.

«Hay muchos ejemplos», dice la bióloga catalana, «de comportamientos, no solo entre cetáceos, que se aproximan a nuestra noción de suicidio». Entre ellos cita el caso de una madre osa que logró liberarse de la jaula en la que la tenían cautiva en una granja de bilis en Vietnam, solo para matar a su osezno y, posteriormente, estrellar su cráneo contra un muro hasta causar su propia muerte. Vinculé en un mapa conceptual a la osa vietnamita con la tragedia del jubilado belga, acusado de violencia de género por asesinar a su mujer, su hija y su nieta de dos años. La noticia conmocionó a la opinión pública al esclarecerse que, en realidad, se había tratado de un pacto fallido de asesinato-suicidio entre los tres adultos. La hija, de 32 años, sofocó a su criatura antes de pegarse un tiro y el anciano, muy a su pena, fue el único que sobrevivió, después de ejecutar a su mujer y de dispararse dos balazos que lo dejaron tuerto y con la mandíbula pulverizada.

El caldo se ha enfriado y un filón de grasa tornasol desbaba en su superficie. Lo remuevo con la cuchara y me lo bebo en dos tragos.

«La forma en que morimos dice muchísimo sobre nuestra sociedad», interviene el psicoanalista argentino. «Hace medio siglo, la principal causa de muerte no natural eran los accidentes de tráfico, pero eso quedó muy atrás. Hace años que la Organización Mundial de la Salud habla de una epidemia global de suicidios». Me sorprende que, según él, el método más empleado no sea la ingesta de somníferos, colgarse de una viga o, como en el caso de la familia belga, pegarse un tiro, sino la mucho más escandalosa ingestión de insecticidas u otros productos químicos agrícolas. «Tan marcada es esta tendencia que se ha prohibido la venta de ciertos productos dada su popularidad entre la comunidad suicida», agrega, y yo escribo: «por mucho que se limite el acceso a tal o cual agroquímico, la gente siempre encuentra uno nuevo para reventarse las entrañas».

Así como las ballenas piloto, entre nosotros humanos existen también peregrinos suicidas que se desplazan hasta lugares específicos para quitarse la vida. Entre los más concurridos está el bosque Aokigahara en Japón, el Golden Gate en San Francisco o los metros de grandes metrópolis como Calcuta, Ciudad de México, Nueva York o Londres. Estas dos últimas ciudades han implementado sistemas anti-suicidio que consisten en barreras que impiden el acceso a las vías hasta que el tren no esté en la plataforma. «Un costo substancial para las arcas públicas, pero también lo es el suicidio. El suicidio es terrible para la economía», leo en un artículo. «¿Realmente lo es?», escribo, «menos bocas que alimentar».

El debate antropomorfista, prosiguen los invitados, no se limita al suicidio, sino también a los ritos funerarios que compartimos con otras especies. La bióloga catalana alude al caso de la elefanta

Eleonor, una gran matriarca africana que, después de arrastrar su trompa hinchada durante días, finalmente colapsó. «Otra hembra, de una manada distinta, permaneció a su lado hasta bien entrada la noche. Eleonor falleció la mañana siguiente y en los días consecutivos, como si se tratase de un funeral de Estado, decenas de manadas visitaron el cadáver para olerlo y tocarlo con patas y trompa. Los investigadores observaron más y más elefantes que llegaban y permanecían a pocos metros de distancia durante las horas de sol, incluso después de que una familia de leones se apropiase del cadáver». Quiero pensar, entonces, que quizás no sean tan distintos el embalsamador, que con esmero prepara un cadáver para su funeral, de la madre chimpancé que, con tanto mimo, acicala el cuerpo de su cría días después de fallecida.

El locutor se despide sin llegar a una conclusión y cita a Camus y el mito de Sísifo: «no hay más que un problema filosófico verdaderamente serio, y ese es el suicidio». La bióloga es la única convencida de que acabar con nuestra propia vida es una prerrogativa que compartimos las especies más desarrolladas. El filósofo desdeña esta idea y el psicoanalista no se atreve a asumirse en uno de los dos bandos. Más tarde intentaré concretar en un texto algunas de las ideas que he esbozado, pero por ahora cierro mi cuaderno, lavo la taza y la cuchara y me alisto para recorrer a pie el trayecto hasta el valle de los mamuts.

Mala idea salir de casa, esta vez es imposible trotar. La lluvia ha derretido la nieve que cubría el asfalto y el viento la convirtió en una puñetera superficie congelada. Me faltan palabras para describir la nieve que cae, la que el viento peina sobre la carretera, la que se precipita desde los tejados, la que revolotea en el aire. Las farolas se tambalean con fuerza y en los jardines sumergidos bajo la nieve, las cuerdas de las astas banderas golpetean contra sus mástiles. A los nórdicos les gusta echar a hondear sus banderas, pero el viento invernal las desgarraría, así que sus postes lucen desvestidos la mayor parte del año. Hoy incluso los gruesos cuervos vuelan con dificultad, de los gorriones no hay rastro, tampoco se dejan ver las focas y, entre la espesa niebla, apenas alcanzo a vislumbrar la orilla al otro lado del fiordo. Pienso en Javi. Espero que no le haya pillado esta tempestad.

Distingo un bulto oscuro sobre la carretera y, conforme me acerco a él, las formas cobran sentido: es el cadáver de un cuervo decapitado. Sus plumas negras con matices azules y verdes apenas se mueven con el viento, los plumones de su pecho son grises y blancos y hay un único rastro de sangre sobre el asfalto húmedo. Un visón le debe haber arrancado la cabeza. Los mustélidos son las únicas alimañas carroñeras que van por el cráneo, en lugar del culo, que es más carnoso y rico en grasas. Intento arrancarle una pluma, pero la rigidez de su pellejo congelado lo dificulta y forcejeo con el cadáver tieso. Lo sujeto con una mano y tiro con fuerza hasta lograr desprender una larga pluma negra de su ala derecha y otra más de la cola que guardo en el bolsillo de mi pantalón. Levanto el cadáver para comprobar su peso, macizo, un par de kilos, quizás, y lo coloco sobre la nieve que me parece más digna que la vil carretera.

Alcanzo el valle resguardado del viento y me cuelo entre el vallado, lejos de los mamuts. Imagino cómo se registrará este blanco en una pantalla de cine, con sus grises, sus azules, sus rosas incluso; los manchones marrones en las colinas, el aire infestado de puntitos blancos para los créditos y, como fondo, la histeria del viento. En unas semanas, toda esta nieve comenzará a hacerse agua y el verde, poco a poco, resurgirá. La muerte se hará a un lado para dejar volver a la vida. Un año más de cretinismo, de empuñarnos a nuestra subsistencia. Nuestra especie supo vivir aquí y hacer frente a estos inviernos con poco más que carne, mantecas, pieles y fuego. Ahora nuestra presencia es tan hermética, detrás de la ventanilla del coche, a través de ventanas con doble acristalamiento para retener el calor, el frío, para ser eficientes; empaquetados detrás de caretas, guantes, gafas protectoras. Nuestra comida también empaquetada, comprimida en geles y papillas indignas.

Camino hacia los mamuts. Un único árbol se enraíza contra el ventarrón que menea sus ramas. Vendría bien posicionar una cámara en su tronco y dos más en trípodes, uno aquí y otro allá. Yo tendré una *body cam*. Javier otra, el POV del arma, como si fuera un videojuego. ¿Escopeta o arco y flecha? ¿Con qué se mata mejor? ¿Con qué se muere mejor? No tengo miedo al dolor. ¿Será eléctrico como la mordida de un perro? Me atendré a él. Quiero sangre, quiero la nieve manchada con mi sangre y su sabor metálico, a monedas, entre mis muelas. Vestiré de blanco, tengo en casa un pantalón y un anorak para esto. Blanco sobre blanco para que se distinga mejor. ¿O mejor desnudo? La manada lo más cerca posible, si logro colarme entre ellos perfecto, con mi piel aterida y amoratada. Que se advierta lo enormes que son. Me pregunto si se acercarán a mi cadáver como al de la elefanta Eleonor. ¿Les despertaré curiosidad? ¿Qué música para el montaje? ¿«Melancolía» de *Tristán e Isolda*? ¿«Lacrimosa» del *Réquiem* de Mozart? ¿Max Richter? Cuerdas oscuras que me sirvan para cerrar los ojos. Me pondré auriculares para escucharla y no oír el disparo. ¿Se oye si te tiran con un arco? Quizás sonido directo sea mejor. Sin música, para que se perciba aquel zumbido. Correré en esta dirección, de derecha a izquierda, entre los mamuts. Javi tendrá que usar su arco para no ahuyentarlos con los disparos. Que ambas cámaras me sigan con su lente. ¿O me quedaré inmóvil, listo para ser fusilado? Firme como un soldadito. Que no me dispare a la cabeza, que apunte al corazón. Que me mate de frente. Más bello, más poético, menos *gore*. Pero que salga mucha sangre. La estética de la muerte es trascendental.

¿Y qué pasaría si Javi no acepta? Sería absurdo, ¿cómo iba a negarse? Una oportunidad como esta nunca más se le va a presentar. Es un atajo para él y para su familia. Todo cambiará y vivirán despreocupados el resto de sus días, sus hijas también, sus nietos incluso. ¿Pido mucho a cambio? Quizás sí, pero ofrezco muchísimo. Pongo todo sobre la mesa. «Me vas a matar, Javier», digo, de nuevo en voz alta, para convencerme. Permanezco inmóvil, con el viento que empieza a arreciar también en el valle. Muy a lo lejos, entre la niebla, observo a la manada y distingo a Rubio, el centinela atento. Sonrío. Mi determinación me aligera. Inflo las mejillas y estiro hacia abajo la comisura de los labios: «*I'm gonna make him an offer he can't refuse*». «Sandar: el Valle de los Mamuts» —qué buen título— será mi última entrega, visualmente la más bella, confío. Me entusiasma la imagen del rojo sobre el blanco, la nieve entintada. Me entusiasma, sobre todo, como con cualquier historia, tener una idea clara de su final, porque una vez que sé eso, poco a poco, el resto se acomoda.

Recién había encendido el cigarrillo —me prometí que sería el único—, cuando nuestro anfitrión anunció que el concierto estaba por comenzar. Fumé unas cuantas caladas ansiosas, escondido detrás de una columna, pero de nuevo insistió: «entremos, por favor, ya va a comenzar». Me desvié al cuarto de baño y en el pasillo me topé con la pianista que se abanicaba con su partitura. Algunos amos nos parecemos a nuestros perros, es verdad, pero aquella mujer se asemejaba a su instrumento: vasta como un piano, con culo resonante, pies planos con forma de pedales, dientes separados y echados hacia afuera como teclado. Llevaba un vestido largo, de seda azul que empezaba a transpirar por debajo de sus enormes pechos. La había conocido días atrás en un restaurante en la playa, pero jamás imaginé que fuese la pianista clásica que nos habían prometido para el domingo. Sus caderas, en aquella ocasión asfixiadas dentro de una minifalda tapizada de lentejuelas, su voz destemplada y esas carcajadas tan poco elegantes me parecieron impropias de una mujer que había dedicado su vida a Beethoven y Bach.

Nuestro anfitrión dio la bienvenida. «Hace mucho calor, lo sé. El calentamiento global... Todos estamos empapados en sudor excepto sus altezas», bromeó, refiriéndose a la pareja kuwaití que había ocupado asiento en la primera fila de la improvisada sala de conciertos en el salón de Villa Polanski, su chalet al sureste de la isla que alguna vez perteneció al cineasta. Presentó a su invitada: vivía en Zurich y se conocieron en una galería de arte en Lima; enumeró sus logros musicales, bromeó una vez más con el calor y cedió la palabra a la mujer-piano, quien comentó el programa —Bach, Mozart y Chopin—, refunfuñó también del calor y la humedad y se disculpó con la novia del anfitrión por sudarle el vestido que le había prestado. Agregó que las piezas que estaba por interpretar habían sido concebidas para ocasiones íntimas, como la de aquella tarde. No para grandes salas de conciertos.

Las notas se mezclaron con el rechinar de las cigarras. Cerré los ojos, solté los músculos de cuello, hombros y espalda y dejé que mi pecho se hinchara y deshinchara con el vaivén de mis suspiros. Un concierto clásico en Ibiza, a inicios de junio, con Formentera vaporosa en el horizonte y el mar salpicado de veleros y yates. Había algo decadente y sutil en el aire, una extrañísima melancolía perlada por nuestro sudor. Yo solía reservar aquellas sonatas para el invierno, cuando el desasosiego podía pedírmelas a gritos. Es la música de la que, durante siglos, hemos echado mano cuando necesitamos sentir, cuando necesitamos excavarle más profundidad a nuestras emociones para dejarlas que se encharquen de recuerdos. La banda sonora de nuestras vidas, de sus momentos más ilustres: bodas, funerales, soledades. Se me estaban acabando los treinta y aquel iba a ser mi primer verano sin Pilar, después de firmar nuestro divorcio.

Abrí los ojos y descubrí a los demás invitados con los ojos cerrados. Observé a los kuwaitíes con quienes había charlado durante el aperitivo. Ella, una mujer encantadora, sobrina del emir, llevaba un vestido bordado con motivos de estrellas de mar u hojas de marihuana —entre carcajadas, no supimos cuáles de las dos eran—, mirada perspicaz tras gruesas pestañas postizas y un perfume muy puesto que me recordó los aromas en los mercados de Riad. Él, algo pasado de kilos, pero bien parecido, con bermudas que dejaban ver su piel ceniza, torturada por la sed. Les pregunté si estaban de visita o si tenían casa en la isla. Estaban navegando en su yate, respondió ella, pero Ibiza les despertaba las ganas de poseer. Así lo dijo: «*Ibiza makes you want to own*. Es más espontánea que Marbella, donde nuestros amigos tienen casas». «Claro, Marbella siempre ha sido vuestra... Árabe», concedí. Su silencio delató que mi referencia a Al-Andalús y el milenio de ocupación árabe de la península ibérica no había sido asimilada. «La espontaneidad es una cualidad sobrevalorada», agregué para cambiar de tema. Vistos así, entregados a la música, no necesitaban conocimientos de historia para dejarse desmoldar por Brahms: ambos con los ojos cerrados, manos entrelazadas y él haciéndole caricias a su mujer.

Irrumpimos con aplausos entre el primer y segundo movimiento. La pianista rio y dijo que ella nos indicaría cuándo podíamos aplaudir. Volví a cerrar los ojos y reparé en esa unidad de la historia que entrelaza logros y fracasos; las bellezas de las que hemos sido capaces, responsables, su fuerza perenne y maciza como el mármol o el bronce. La música aún más sólida y resistente que ambos. Llegará el día en que el mundo sea solo un desierto, pantallas, metaverso y alimentos que sirvan apenas para mantener con vida a quien los ingiera —geles proteicos, glucosas, alguna vitamina esencial—. Hombres y mujeres reducidos a siluetas jorobadas, así nos visualizo, enchufados a la realidad virtual bajo un cielo sabuloso, siempre opaco que cambia solo de ocre a gris. Ni siquiera las noches llegarán a ser negras porque hasta la oscuridad nos habremos acabado, pero, incluso entre aquellas polvaredas, estoy seguro, Mozart sonará. A algún inquieto le hará cosquillas, le peinará sus sensibilidades. Este es el legado que nos une como especie, que nos emociona y que perdurará cuando hayamos bombardeado todos los palacios, cuando hayamos hecho hogueras con los lienzos de los museos y reducido a escombros bulevares, avenidas y puentes. Abrí los ojos y me miré las manos. Me gustaron, ya tan morenas por los meses de sol que tenían encima. Las entrelacé dándome a mí mismo un poco de cariño y pensé, por un momento, que la felicidad podría ser una opción.

«La vida se nos va de las manos», anoto en mi cuaderno, «porque nuestro tiempo lo marca un reloj que hoy ya nadie sabe leer; se avalancha sobre nosotros con sus alegrías, amarguras y momentos blandos y nos gastamos los años queriendo comprenderla, intentando atraparla en memorias, en fotografías. Necesitamos dejar huella en la arcilla, en el mármol, el hormigón y el ciberespacio. Las estudiamos, embelesados con el progreso y abanderados por la historia, para ver si así logramos hacer razón de nosotros mismos. Construimos laberintos en los que nuestra miseria se corretea a sí misma, como un perro demente que se persigue la cola. ¿A quién queremos engañar? La luz de bombillas, pantallas, coches, aviones y cohetes no ha hecho más que alumbrar nuestro abandono. ¿Qué he construido yo? Este pantano que quiere ser mar, plagado de endriagos subacuáticos que chapotean en su superficie, como las focas que me acompañan durante mis paseos».

Reviso el material que he filmado y esbozo la secuencia que tengo en mente, incluidas algunas ideas para el guion y para el montaje de la edición. Aún no sé qué tanto podré acercarme a los mamuts, pero quiero imaginarme entre ellos. Necesito adentrarme en la manada para tocarles y olerles de cerca. Aunque no me gusta intoxicarme con la realidad virtual más allá de mis ocasionales momentos de morbo, me coloco el visor y, en seguida, encuentro a

Rubio. Lo tengo justo frente a mí, el aire galvanizado con su respiración y su presencia titánica que se esparce con cada bufido. Basta con que estire mi brazo para rozar su lana y la froto entre mis dedos. Es crespa, gruesa, dura. Me aproximo a su cabeza en búsqueda de sus ojos, pero sin que él me mire. Yo no estoy ahí, soy un simple observador, no permito que nuestras miradas se crucen en la simulación, porque me parecería una artimaña, uno de esos atajos que ofrece la realidad virtual y que no hacen más que despojar a la vida real de buena parte de su magia. Solo soy yo el que se asoma en sus ojos amarillos. Hay algo ahí que alivia, quizás sea el antídoto a nuestra soledad. Su mirada ausente, detrás de gruesas pestañas despeinadas; sus pupilas inquietas, atentas a sucesos que se desarrollan más allá de los hologramas que hay a nuestro alrededor. Mastica y el movimiento de su quijada menea todo su cráneo, su frente sube y baja, su piel se extiende y se contrae con cada mordida. Me gusta el ruido de la hierba triturada entre sus molares y de la saliva que se aglutina con el vaivén rítmico de sus mandíbulas. Ennegrezco el paisaje y Rubio flota en el espacio con su trompa que se articula en la nada. Inhala y exhala el aliento de un monstruo con pulmones hercúleos y al hacerlo emite berreos profundos que hacen temblar la negrura que lo contiene frente a mí. El aire que expele levanta un viento fuerte y cálido y yo extiendo mis brazos para tocar sus colmillos, repaso con las palmas de ambas manos la punta del más corto y siento la cadencia de sus muelas. Me sorprende la temperatura del marfil. ¿El verdadero se sentirá así de caliente o será una imprecisión de la realidad virtual? Recorro su superficie con los dedos, sigo la curvatura que se encamina una vez más a su mirada y, justo por debajo de su ojo, entro mi mano en la densidad de su lana, hundiendo mis dedos hasta sentir el calor húmedo de su piel. Con las yemas adivino la inmensidad que palpita debajo de ella, el empuje de su sangre y ese corazón de treinta kilogramos que la bombea por cada vena, cada arteria. Antes de quitarme el visor hago una captura de pantalla de mi brazo que desaparece en él.

Dedicaré los próximos días a filmar detalles: su joroba cubierta por una cascada de lana, sus trompas, sus narices rosadas. Los pilares que tienen por patas y los zócalos poderosos que son sus pies; la nieve que aplastan y la fuerza con la que la amazacotan, sus enormes almohadillas plantares y sus cinco dedos con las pezuñas cubiertas de fango. Cómo hinchan sus flancos antes de soltar un barrito; sus marfiles torcidos, largos, caprichosos. Sus ojos amarillos, marrones, marrón rojizo, con esas pestañas desaliñadas que se enmarañan con la lana que cuelga sobre sus párpados. ¿Y si duermo una siesta viéndome en ellos? Ya sé que dormirme con el visor puesto me provoca jaquecas, pero una aspirina y ya está. Solo por hoy, no pasa nada. Me recuesto en el sofá, me coloco una vez más el visor, cruzo los brazos sobre mi pecho y, poco a poco, me dejo ir en sus irises color lava.

«La época dorada de la humanidad fue la Edad de Piedra», parafraseo una cita de la novela de Laxness, «teníamos los conocimientos justos para nuestra supervivencia. Lo que ha venido después nos ha jodido la existencia». Tan propenso a pesadumbres por épocas no vividas, nunca antes había sentido una tan remota, pero los mamuts me incoaron esta melancolía por la prehistoria.

—Perdonad a mi amigo, anda desencantado con la humanidad —comenta Javi.

Me gusta que se refiera mí como su amigo.

—Ya veo —responde Sigmunð con una sonrisa.

Nos citó a las siete. Aún no obscurecía, pero el sol estaba escondido tras las nubes que el viento acarreaba con pesadez. Ya me había llamado la atención aquella casa, casi al final del pueblo, en dirección al valle de los mamuts: dos plantas, la superior forrada de lámina corrugada, como la que hemos alquilado, pero color verde bosque; la madera de las puertas del ingreso principal y las del garaje pintadas de rojo y enmarcadas por un muro blanco, impecable. Por las noches, la cálida luz de su portal contrasta con la gélida farola de la calle —la casa se encuentra más allá del cementerio, donde el alumbrado público cambia de anaranjado a blanco—. Me había fijado incluso en el tendedero que hay en el jardín, de madera maciza y robusta, no una de esas enclenques estructuras prefabricadas que terminan venciéndose bajo el peso de la nieve y, a través de una de las ventanas, en un cómodo rincón con un ordenador que imaginé dispuesto para largas conversaciones, o para que padres nostálgicos investigasen sobre el nuevo barrio al que su hijo se había mudado en alguna ciudad remota. Constataría esa misma noche que, en efecto, su hija mayor vive en Nueva York y el menor en Londres.

Freyja, la mujer de Sigmunð, nos abrió la puerta. Sonrisas mutuas muy amplias, saludos intercambiados. Habíamos coincidido antes en el polideportivo, ella siempre con su chandal color gris, trotando en torno a la cancha de balonmano. Forma parte de aquel conglomerado de mujeres con cortes de pelo estilo militar —el suyo en tonos plateados—. Es ancha, de hombros robustos, generosos pechos, ojos azules, mejillas enrojecidas y una sonrisa igual de afable que la de su marido. Esta noche lleva un vestido azul estampado con florecillas amarillas y un jersey de lana islandesa con gruesos botones metálicos.

La gente en Þingeyri es amable y parece muy aferrada a su rutina. He notado cómo yerguen sus hombros al hablar de la aurora o de los mamuts, pero nadie se asoma a verles. No salen por las noches a la calle para voltear hacia el cielo ni llegan hasta el valle. Llevan suficientes años con los mamuts de vecinos como para despojarlos de toda novedad. Nos pasa a todos, quizás. Los fenómenos les acompañan mientras ellos siguen con sus vidas. Aun así, admiro esa apacible alegría que los islandeses de este norte tan remoto han sabido conservar. «Yo no soportaría tantos meses sin sol», le digo a Javi, mientras nuestros anfitriones alistan el aperitivo. «Quizás sea la novedad de ver caras desconocidas», responde. Vamos a ver, no es que la gente se pasee por el pueblo con una sonrisa, tarareando una canción. De hecho, más allá de unos cuantos niños que van o vuelven del colegio, nadie camina por sus calles. Hasta el más curtido islandés corre peligro de desnucarse contra esas aceras congeladas y, al cruzarnos con algún coche, la reacción inmediata es una expresión de sorpresa: «¿qué hace alguien caminando por aquí?».

Aunque, quizás, lo más acertado sería «ahí está el famoso cuentacuentos español». La voz se ha corrido. Sin embargo, cuando el encuentro es más cercano, en la piscina, en la gasolinera, en el supermercado de Ísafjörður o en el salón de esta casa, hay una amabilidad que se desacopla de aquellos rasgos físicos que pueden parecer tan severos. Sigmunð es una excepción en ese sentido. Sus facciones son de por sí amigables, casi femeninas: rostro redondo, piel tersa, nariz bulbosa y cejas escasas.

—Pues he cotilleado un poco y vi que eres un director muy famoso. Tenemos una celebridad en el pueblo, ¿verdad, mujer? —dice Sigmunð, mientras nos ofrece unos pinchos de arenque.

—¿Celebridad? —me mofo con la boca llena.

—Hijo, si has ganado un óscar, ¡eres una celebridad! —sentencia Freyja.

Javi asiente con la cabeza. El arenque tiene un sabor dulzón, me gusta.

—Bueno, a alguna película le ha ido bien...

La casa huele a clavo, pimienta, vinagre y cebolla frita. Al igual que en la nuestra, el calor emana del suelo. Es una sensación agradable. No hay chimenea porque no hay leña para quemar. «En Islandia no hay bosques». Sigmunð nos sirve unos chupitos de Brennivín, un destilado que, según explica, proviene de la producción artesanal clandestina de un amigo suyo. «Lo hacen con la pulpa de la patata. Es de toda la vida, pero la escasez de granos y cereales de los últimos años lo puso de moda», explica.

Pasamos a la mesa. Los individuales son de lino bordado y calado y las servilletas, a juego, están sujetadas por anillas decoradas con dibujos infantiles. Intuyo que habrán sido regalo de sus nietos. La mía tiene lo que parece ser una foca, o un perro, frente al mar. El plato principal es un estofado de cordero acompañado de ensalada de remolacha y patatas cocidas. Freyja me pregunta si filmaré en su pueblo, si vendrán grandes trailers, grandes actores y actrices con todo el glamour que ello amerita. Le afirmo que tengo en mente una producción muy modesta, que lamento desilusionarla.

—¿Y tú a qué te dedicas? —pregunta Sigmunð a Javier.

— Soy cazador.

—¿Cazador? ¡Qué maravilla! —dice Sigmunð antes de llevarse un bocado de pan a la boca.

—Recién ha vuelto de cazar en los Eastfjords —comento.

—¿Has conducido tan lejos? —pregunta Freyja.

—Así es, he vuelto esta mañana.

—¿Y qué cazaste? —pregunta Sigmunð.

—Un reno.

—Pues tendrás que invitarnos al festín —propone Sigmunð.

—Desde luego.

—¿Lo tienes en casa?

—¿El reno? No, en la cooperativa de Ísafjörður para el despiece —explica Javi.

—¿No lo despiezas tú mismo? —pregunta Sigmunð.

—Normalmente sí, claro. Pero no traje todos mis cuchillos, así que lo he encargado a la cooperativa.

—Prepara un goulasch que no veas —agrego.

—Y, dime, *Silvester* —así me dice Sigmunð, no me atrevo a corregirlo—, ¿de qué tratan tus películas?

—¿De qué van mis películas? Buena pregunta. Pues narran la existencia humana, nuestra experiencia como especie. Lo que implica ser humano en esta época tan extrema que nos ha tocado vivir —y ahí voy con mi nostalgia por épocas pasadas—. Yo siempre pensé que había nacido y crecido en una era sin especial interés…

—Claro, si piensas que la Edad de Piedra fue la época dorada—interrumpe Sigmunð.

Reímos.

—Hasta que llegó la primera pandemia, luego las guerras —continúo— y resultó que estas décadas han sido las más interesantes para la humanidad. Decisivas. Leer las noticias es más entretenido que cualquier novela, la trama se tuerce cada vez más. Y yo, lo que he intentado, es plasmar momentos clave en mis películas. Cómo ha afectado la Historia reciente, con mayúscula, nuestras propias historias, con minúscula. Los momentos estelares de la humanidad...

—Como la novela de Stefan Zweig —apunta Sigmunð.

Me sorprende su comentario. No esperaba, quizás, encontrarme una pareja con tales referencias literarias, pero ahora me queda claro que aquella escultura frente a la ventana no es una casualidad. Tampoco lo es el óleo que cuelga del muro del comedor.

—¡Eso es! Sería interesante agregar nuevos momentos a su lista —me giro hacia Javi y le explico—, la novela de Zweig, un escritor austriaco, narra momentos clave de la civilización, como la caída de Constantinopla o la derrota de Napoleón...

—O el fusilamiento simulado de Dostoievski, la muerte de Tolstói o el fracaso de Wilson por lograr la paz en Europa antes de la Primera Guerra Mundial. ¡Mucha Rusia entre aquellos momentos! —agrega Sigmunð.

—Y música. Y religión. La historia se repite —dice Freyja, mientras retira los platos.

—Permítame, por favor —Javi se aferra al suyo.

—No, cariño, voy por el postre, quédate sentado. Eres un encanto —le da una palmada maternal en la mano.

—La historia se repite hasta que un día dejará de hacerlo porque ya no habrá quien pueda volver a cometer los mismos errores —comento.

—No te preocupes, hijo, que aunque la humanidad quede reducida a un puñado de salvajes, seguiremos repitiéndolos —asegura Sigmunð.

Javi y Freyja comparten una mirada cómplice, mientras ella alista el postre en la cocina.

—Y dime, ¿con qué momentos estelares actualizarías la lista?

Me complace la pregunta de Sigmunð y froto mis manos antes de responder.

—Sin duda, uno de ellos sería la bendición *Urbi et Orbi* del papa Francisco en marzo de 2020, al inicio de la pandemia covid. ¿La recordáis?

—Con la plaza de San Pedro vacía —responde Freyja desde la cocina.

—¿Os puedo preguntar: sois religiosos?

—A veces voy a misa con mi hermana en Ísafjörður. Aquí en el pueblo hace años que no tenemos pastor.

—La iglesia me da la impresión de estar abandonada.

—Abandonada no —dice muy seria—, solo que no hay servicios. ¡No tenemos pastor! Pero por dentro la conservamos impecable. Si quieres, vamos juntos.

—Sois protestantes, pero aun así, recordáis aquel momento —preciso.

—Vagamente, sé a lo que te refieres, pero ¿por qué lo incluirías en la lista? —pregunta Freyja y nos alcanza una especie de crumble con compota de ruibarbo y aroma a cardamomo, acompañado de una generosa porción de nata. El famoso *happy marriage cake* que menciona Laxness en su novela.

—¡La humanidad despojada de su inocencia! En ese momento nos empujaron al futuro. Desde entonces vivimos en él. La fragilidad del papa Francisco, su soledad, el repique de las campanas de las iglesias romanas y la sirena de una ambulancia que circulaba a poca distancia del Vaticano… El mundo entero viendo la transmisión en vivo, encerrados en nuestras casas.

—¿Qué otros momentos? —irrumpe Javi, como si el primero no le hubiese convencido.

—Siguiendo la línea de Zweig y haciendo eco de Wilson y su esfuerzo fallido por evitar la guerra —miro a Freyja—, una pausa, perdón, qué bueno está esto —ella sonríe, dice que no es habitual comerlo después de la cena, pero que quería darnos algo muy islandés—. Continúo… Biden se sujeta al pasamanos del Air Force One en una base aérea militar a las afueras de Varsovia. Con rabia se muerde la lengua hasta que la boca le sabe a sangre. Está concluyendo un viaje por Europa, poco después de que Rusia invadiera Ucrania. Su último compromiso antes de regresar a Washington era un discurso que, él esperaba, se sumaría a los más ilustres de la historia. Los de Winston

— 153 —

Churchill, los de JFK o del propio Obama. Y sí, efectivamente pasaría a la historia, pero por unas palabras, fuera del guion, que pronunció al terminar su conferencia de prensa al pie de la aeronave: «ese hombre no puede permanecer en el poder», refiriéndose a Putin. Todo lo que esa frase desencadenaría con el tiempo. Su arrepentimiento…

—Me fascina. ¡Uno más! —anima Freyja.

—¿Uno más? Me puedo seguir toda la noche —advierto en tono de broma.

—Bastante oscuros estos dos —reclama Javi.

Recuerdo aquel comentario de mi agente sobre la luz y la oscuridad. No por ser trágicos han de ser oscuros. Son estelares, lo dice el propio Zweig.

—Los de Zweig también lo son. Esos son los que definen la historia. Venga, que hay suficiente Brennivín —añade Sigmunð y nos sirve una ronda más.

—Primavera de 2038. La primera vez que evacuaron Lower Manhattan por las inundaciones. Creíamos que ya nos habíamos acostumbrado a ver las grandes ciudades vacías, pero aquello era distinto. Nos dio a entender que ya no había marcha atrás. Los edificios acorazados con las primeras plantas sumergidas, calles y avenidas hechas ríos con remolinos feroces en sus esquinas; las imágenes de las reclusas instaladas en Canal Street para detener el paso de aguas iracundas que reclamaban la tierra para sí —noto el semblante serio de nuestros anfitriones—. Maggie Gyllenhaal con el rostro desencajado, sus ojos inyectados de desesperación y el cuello acalambrado en un grito de rabia. Lo narraría desde su perspectiva, el momento en el que decidió no abandonar su apartamento y se atrincheró con sus mascotas, convirtiéndose en la inesperada abanderada de los residentes que se negaron a evacuar, hasta que fueron sustraídos a la fuerza. Esa conmovedora y heroica terquedad humana.

—Nuestra hija vive ahí —dice Freyja, mientras Sigmunð hace girar su copa con la mano derecha.

—¿En Nueva York?

—En Lower Manhattan para ser exactos. Los meses que les obligan a evacuar, si tenemos suerte, viene a pasarlos aquí con su marido y los niños.

Uno de esos niños debe ser el artista que dibujó la foca del servilletero que tengo entre los dedos.

—Para ellos también fue difícil dejar su casa aquella primera vez —agrega Sigmunð sin levantar la mirada de su copa—. No sabían si iban a poder volver.

—Leí que han adelantado la evacuación este año. ¿Vendrán a Þingeyri? —pregunto.

Siento la mirada severa de Javi.

—Este año no. Pasarán la temporada en uno de los refugios temporales —dice Freyja.

—Los billetes están carísimos —protesta Sigmunð.

—Lo siento, no tenía idea —comento.

—¿Cómo ibas a saberlo? Y, de nuevo tienes razón. Es uno de los momentos estelares. Muy triste. Pero estelar sin duda…

—¿Hace cuánto vive ahí? —pregunto.

—Ocho años. Y nuestro hijo, el menor, vive en Londres desde hace seis —responde ella.

—Otra ciudad al borde de la supervivencia —Sigmunð se enfila de golpe el contenido de su copa—, pero te voy a decir una cosa. Si alguien sabe salir adelante al borde de la supervivencia, somos nosotros, *Silvester*: la gente de los Westfjords. Y lo mismo aquí en el borde, hay cosas que importan: la familia, los rituales. Es importante conservar las pequeñas alegrías, protegerlas. Te lo digo yo, Sigmunð de Þingeyri. Lugares como este no existirían si no fuera por esas pequeñas alegrías, son ellas las que nos mantienen de pie. No solo los alimentos. Los encuentros en la piscina, por ejemplo, esos refrigerios con café y blinis, son sagrados. No me los pierdo por nada. No nos los perdemos, ¿verdad, mujer? —la mira con cariño.

—Quizás antes no valorábamos lo que ofrece Þingeyri, pero con el caos que hay en el mundo, este rinconcito no está nada mal —dice ella con una sonrisa.

—De hecho, lo que pasa en el mundo no ha sido del todo malo para el pueblo. La gente ha vuelto. Se rehabilitaron casas que se habían quedado vacías hace décadas. La gente volvió. Gracias a las limitaciones a la pesca industrial se ha podido reactivar la pesca para consumo propio. En realidad, nuestros hijos se marcharon casi a contraflujo.

—Nosotros fuimos los primeros en impulsarlos a que se fueran. Si te quedas aquí es para siempre. Ni siquiera las ánimas logran marcharse. Sus fantasmas siguen todos por aquí —dice Freyja y apunta con el índice de la mano derecha hacia el cementerio que está a unos doscientos metros, al otro lado de la calle.

—¿Y qué pensáis de los mamuts? —pregunta Javi.

Ambos ríen.

—No hay mucho que pensar. Son un experimento fallido que han desechado aquí, en el fin del mundo. Los trajeron para olvidarse de ellos. Pobres bestias estériles, condenados a una segunda extinción. En un inicio la idea entusiasmó, pensamos que generaría empleo, pero solo Davið trabaja para Mr. Kersey. Ese texano rara vez se pasa por aquí. Compró sus tierras hace más de quince años y puedo contar con una mano la de veces que le hemos visto por el pueblo.

—Pensábamos que la llegada de los mamuts ayudaría a reactivar el turismo, pero la gente ya no viaja. Cada cierto tiempo llega algún curioso como vosotros. Y nos observa con la misma fascinación que mira a los animales —agrega ella.

—Es que, con todo mi respeto, sois fascinantes —comenta Javi.

—Vuestra tesón y determinación son conmovedores —especi-fico.

—¿Por sobrevivir? —pregunta Sigmunð.

—Por vuestros rituales, vuestras mañanas en la piscina… —respondo.

—No hay nada que admirar en ello, *Silvester*. Es la naturaleza humana. Bien lo debes saber. Yo siempre lo he dicho: hasta el último segundo, los humanos seguiremos festejando, cenando, queriendo bailar. El último aliento de la humanidad será el llanto de un recién nacido.

—Y eso es bello —apunta su mujer.

—Y necio, en algún momento tendremos que parar, ¿no creéis? Entender, de una vez por todas, que somos un parásito —arremeto.

—No somos un parásito —reclama Freyja, con el tono persuasivo que usaría la amiga más guapa para alentar a la fea.

—¡Nueve mil doscientos millones de personas! Y el número sigue creciendo. Pero los recursos del mundo no crecen con nosotros. No hay más agua, no hay más bosques, no hay más animales. Al contrario, nos estamos acabando todo. Así que, me perdonáis, pero sí: somos parásitos. Tenemos que, de una vez por todas, dejar de tener hijos —martillo cada una de esas últimas cuatro palabras con la anilla de la servilleta sobre el mantel.

—Joder, macho, ¡qué afán de dar caña! —reclama Javi apenas salimos a la calle. Lleva en la mano una generosa rebanada de *happy marriage cake* que Freyja envolvió en papel plata para su desayuno y yo una botella vacía de Coca Cola que Sigmunð rellenó con Brennivín. Me detengo tras una camioneta para refugiarme y liar un cigarrillo y finjo que no sé a qué se refiere.

—Nos invitan a su casa y no haces más que amargarles la cena.

—¿Te la he amargado también a ti? —pregunto con ánimos de joder, la botella bajo la axila y el filtro entre los labios.

—Podrías haberte ahorrado tus comentarios después de saber que su hija vive en Nueva York.

El frío me ha entorpecido los dedos y lío el cigarrillo con dificultad.

—Seguro han apreciado tener con quien charlar, Javier.

Se aproxima para hablarme muy de cerca mientras enciendo el cigarrillo y alcanzo a distinguir su olor a limpio, como si recién saliera de la ducha.

—Dime una cosa, ¿por qué asumes que no tienen con quien charlar? ¿Que te necesitan para tener una conversación interesante? Fue muy incómodo...

—Lamento si te incomodé —digo con ironía.

Siento mis pasos entorpecidos por el alcohol y me muerdo las mejillas para no enfrascarnos en una discusión, pero Javi insiste y enumera los reclamos con los que tantas veces me han taladrado: mi cinismo, lo ácido que puedo ser, lo amargado, enfadado y harto que parezco estar.

—Así es, Javi, estoy harto. Has dado en el clavo. ¡Eso es!

—¿Harto de qué?

—Harto, triste y hasta los cojones. Y, a veces, la tristeza se me derrama y os jodo a todos la noche...

—Todos cargamos con tristezas, Silvestre. No eres el único. La tristeza colectiva nos lastra a todos pero, como dijo Sigmund, hay que buscar los momentos felices y sembrarnos bien en ellos.

—Justo *eso* me saca de quicio: la necedad humana, nuestra ceguera. Pretender como si todo estuviera bien. Me da rabia...

—¿Qué es lo que te da rabia? ¿Que tengamos hijos? Formar una familia, para ti, es una necedad. ¿Y nos lo dices a nosotros? Yo con dos nenas, huérfanas de madre, que están ahora mismo sin su padre porque tengo que buscarme la vida. ¿Y a ellos, con nietos pequeños lejos de aquí?

Es verdad, Javi está aquí porque tiene que buscarse la vida. Esto para él es trabajo.

—A veces la rabia se lleva mis formas entre las patas.

—No es una cuestión de modales, Silvestre.

—En cualquier caso, te ofrezco una disculpa —lo digo con sinceridad, no me gusta ser así con él.

—A mí no me debes ninguna disculpa, tío.

Aún no sé medirle la temperatura a su ánimo, es la primera vez que discutimos.

—Vale, retiro lo dicho, no te ofrezco una disculpa. ¿Qué hago, entonces?

—Más bien, ¿qué quieres que hagamos nosotros, Silvestre? ¿Qué sería lo justo para ti? ¿Que nos encerremos en un búnker a esperar el final? ¿Que dejemos de enamorarnos? ¿De formar una familia?

—Pilar y yo nos separamos porque yo no quise tener hijos. No me parecía correcto con el mundo como está.

—¿Y tú crees que yo no lo hablé con mi mujer? ¿Crees que un día se quedó embarazada y ya? ¿Crees que no tuvimos miedo? Yo estaba aterrado, no sabía cómo iba a poder hacerme cargo de una familia. Fue una decisión, Silvestre. La tomamos acojonados, meses enteros sin dormir por la preocupación durante los dos embarazos. Pero mis niñas son lo mejor que me ha pasado. Sin ellas estaría perdido.

¿No serán más bien ellas las que están perdidas? Condenadas por haber nacido durante el fin del mundo. ¿Eso de quién es culpa? ¿De los combustibles fósiles y los microplásticos o, más bien, de la falta de conciencia de sus padres? Cuánto sufrirán esas niñas el calor estivo en la colonia, la escasez de agua, de alimentos, el frío, las lluvias torrenciales… Destapo la botella y le doy un trago.

—Lo siento, Javi, seguro es el Brennivín —siento el alcohol que me hierve en la garganta.

—Pues aprovechemos —me arrebata la botella y le da un trago—. ¡Habla! —me dice resuelto.

Vale, Javier, entonces hablemos, si insistes. Con la sinceridad del Brennivín, venga, de una vez.

—¿Qué harías en mi lugar? —le reto.

—¿En tu lugar?

—¡Con toda esta puta frustración! Soy un impostor. Me convertí en todo lo que detesto. Quizás me equivoqué de profesión, creía —hago una reverencia con los brazos— en el poder de las historias, que eran la base de todo. Que desde ellas se podría provocar un cambio, por pequeño que fuera. Todo lo contrario. Terminé por encarnar lo que más desprecio.

—¿Por tener una vida cómoda?

—Por vivir. Y no solo sobrevivir. Yo, sí, tan *cómodo*, en la cima de mi colina, con mi sótano repleto de víveres, con miel, chocolate, café, con lo que quiera. Mientras que el mundo se va al carajo.

—No hay que dejar nuestra humanidad de lado para sobrevivir.

Alcanzamos el cementerio y sobre una de las lápidas descubro un gorrión, pero me desilusiono al constatar que es de bronce. Ahí seguirá cuando la humanidad ya se haya desmigado.

—¿Qué quieres decir?

—Lo que ya te he dicho antes, no tenemos que privarnos de las cosas básicas para sobrevivir. Nos podemos enamorar, formar una familia, comer chocolate si tenemos. ¡Miel!

—¿Sabes, Javi? Cuando mi exmujer me dijo que estaba embarazada lo tomé casi como una traición. Me decepcionó, la creí una tonta, una inconsciente.

—Silvestre, es que tú no puedes decidir en qué momento la gente se tiene que dar por vencida.

Eso es: yo me he dado por vencido, no tengo por qué ni por quién seguir adelante. No puedo decidir por la demás gente, pero sí por mí y lo hago con determinación. Le doy un trago más y le alcanzo la botella para que él también beba.

—Te tengo una propuesta, Javi.

Se detiene, me voltea a ver.

—Dime.

—Te confieso la razón por la que estoy aquí: no volveré a España.

—¿Te vas a quedar a vivir aquí? —carcajea irónico.

—No, voy a morir aquí.

—¿Cómo que vas a morir aquí? ¿De qué?

—Te tengo una propuesta.

Tensa su cuerpo y su rostro se deforma en una mueca que nunca antes le había visto.

—Dime.

—Como dijiste en la cena, y como has dicho tantas veces, tu prioridad es sacar adelante a tus hijas. ¿Y si te ayudo a que garantices no solo su futuro, sino el de sus familias, y el de los hijos de sus hijos? Vine a filmar, sí. Y quiero que me ayudes, sí. Pero es este viaje, no habrá más. No vendrán las actrices famosas que Freyja quiere ver por el pueblo. Somos solamente tú y yo, los mamuts, la nieve... —me mira casi con desprecio—. Lo que quiero, Javier, es... Más bien, lo que ofrezco es todo. Todo lo que tengo: mi casa, mis cuentas bancarias, toda la miel, los chocolates. Para ti y tu familia, con la única condición de que Elena pueda vivir en casa el resto de su vida.

—¿Y qué pides a cambio? —pregunta con el rostro serio, impaciente.

—Que me ayudes. Quiero que me dispares.

—¿Que te qué?

—Que me dispares.

—Tú estás loco —ríe. Cree que estoy bromeando o aparenta creerlo— ¿De qué vas? ¿Cómo te voy a disparar?

—Quiero que me dispares y que lo filmemos. Va a ser mi última película. Un cortometraje: los mamuts, la nieve, mi sangre. Mi muerte.

—Qué mal te sienta el chupito ese...

—Javi, piénsalo —lo cojo del brazo antes de que se aparte—. Está todo listo. Testamento, abogados... El sistema penitenciario en Islandia es uno de los más amables del mundo —nunca imaginé tener esta charla así, borrachos en la calle, pero, ya que hemos iniciado, me apresuro a exponer mis argumentos—. Las prisiones aquí son casi tan cómodas como un albergue y la pena más larga es de dieciséis años. Hace décadas que no la adjudican. El último asesinato tuvo una condena de ocho. En tu caso sería menos, estimo que unos cinco, máximo seis. Tendrás los mejores abogados. Islandia es progresista en cuanto al suicidio asistido y mi voluntad explícita será un atenuante en la condena. Y a cambio, tu descendencia tendrá el futuro asegurado.

—¿Pero de qué hablas?

—Solamente piénsalo, Javier... Tus nietos, bisnietos...

—A ver si entiendo bien: quieres que te mate, que lo filmemos, que yo vaya a la cárcel. Y a cambio me vas a dar todo lo que tienes. ¿Toda tu fortuna?

—Así es.

—¿Para mí?

—Toda tuya —reafirmo.

— ¿Y por qué? ¿Tú que obtienes, Silvestre? ¿Qué quieres?

—Mi última película. Calma y paz, Javier. Sobre todo, calma y paz.

Estamos ya frente a la casa. Se aproxima, de nuevo su olor a limpio.

—No, no —su dedo incide frente a mis ojos—, tú lo que quieres es un puto monumento a tu ego. ¿Piensas que sería capaz de dejar a mis hijas sin padre por seis años? Ni tu fortuna ni todo el dinero del mundo serían suficientes. Qué equivocado estás. Qué pena. Pensé que eras distinto. ¡A la mierda con todo! Si te quieres matar tú, mátate. Yo mañana mismo me piro. No me interesa.

Se aleja.

—Espera.

—Nada de espera. Ahora mismo veo cómo coño volver a la colonia, a casa, donde debería estar desde hace tiempo. Si te quieres matar, adelante, pero a mí no me enredes. Estoico tocado. ¿Sabes por qué estás así? Por tu privilegio. Tú vives. ¡Tú vives! Nosotros sobrevivimos. No solo los colonos, también la gente de aquí. Y en tu mente tan torcida, te da rabia eso. En lugar de agradecer todo lo que tienes, piensas en matarte. Yo en lo único que pienso es en vivir —grita, sin importarle despertar a todo el pueblo—. ¡Vivir! ¡Sobrevivir! En que mis hijas puedan vivir. Es una lucha diaria y tú te quieres matar. Si te quieres hacer daño, hazlo solo. No me enredes a mí, no enredes a este pueblo, no enredes a esta gente. ¡Mátate en tu casa, tío! No vengas aquí a un último despliegue de tu ego. No te va a servir de nada que tu película gane la polla de un óscar si ya estás muerto. ¿Protesta? Dejad de hinchar las pelotas. Protestáis de todo. Protestáis de las vacunas, de la guerra. Protestáis. Claro, porque tenéis todo. Porque tienes todo. ¡Tienes tiempo! Joder, qué decepción, Silvestre. De verdad, pensé que eras distinto.

Azota la puerta de casa tras de sí y yo permanezco en la calle. El viento vuelve a arreciar. La aurora tímida danza en el cielo.

Despierto. A través de la persiana, la luz del amanecer anuncia el primer día soleado desde nuestra llegada. Me duele la espalda baja. Apoyo los pies sobre el suelo frío y mis tobillos crujen al ponerme de pie. Giro la cintura para intentar acomodar mi malestar. Abro la puerta de mi cuarto y salgo descalzo. El suelo de la cocina, en cambio, está caliente y entibia el resto de la casa, excepto mi cuarto que, con los muros exteriores enterrados metro y medio bajo la nieve, funciona como una nevera. Entro al baño con los ojos entrecerrados para no ver mi reflejo en el espejo y meo. Mi orina tiene un ligero color rosado por la remolacha de la cena. No me lavo las manos ni la cara.

Preparo un café y me asomo por la ventana. Efectivamente, será un día soleado, aunque la predicción meteorológica anuncia una nueva tormenta de nieve para el fin de semana. Hoy sol, vientos fuertes con ráfagas de hasta 75 kilómetros por hora y un frío tenaz. Nunca he entendido por qué cuando se despeja el cielo y brilla el sol baja tanto la temperatura.

Javi se ha marchado. Lo oí de madrugada: el zumbido de la cremallera de su mochila; el ruido de sus bultos; el crujido de la silla cuando se sentó a atarse las botas; la cremallera de su chaqueta; la puerta que cerró tras de sí. La noche anterior permanecí afuera de casa, entumido en el frío bajo una farola tintineante, hasta que apagó la luz de su cuarto. El aire se me coló por los guantes y me mordisqueó los dedos. Entré a casa con un punzante dolor en las manos, me quité los guantes con los dientes y las coloqué bajo un chorro de agua caliente que me provocó un violento hormigueo. De pie y a oscuras, dejé que la vergüenza y la aflicción se hicieran de mí.

Me vino a la memoria un recuerdo de la infancia: tendría diez años y estábamos en casa de los abuelos, los padres de mi madre, en Segovia. Eran las vacaciones de Pascua, los adultos alargaban la sobremesa en el comedor y yo salí a jugar al jardín, imaginándome ser un cavernícola que cazaba libélulas y lagartijas en aquella casa enorme con sus altísimos muros de piedra. Empecé a frotar ramas con una roca, como hacían en las películas para encender fogatas. Frustrado por no lograr mi objetivo, me di a la ociosa tarea de cercenar el tallo de un grueso rosal que se encaramaba a la fachada. Se apoderó de mí un cruel instinto de destrucción y, poco a poco, fui astillando el tallo hasta troncharlo en dos: un extremo enraizado en la tierra oscura, húmeda y fría y el otro que se multiplicaba en incontables ramas que empezaban a retoñar. Supe en ese instante que había hecho algo terrible e intenté unir el tallo fracturado. Me habría alejado de ahí para dejar que culparan a uno de los perros pero, antes de poder hacerlo, escuché el lamentoso «ay» de mi abuela. Se atragantó un suspiro y su rostro se vino abajo con un pesar que le hundió el pecho. «¿Pero qué has hecho, criatura?». Su abuela, la abuela de mi abuela, había plantado aquel rosal. Esa misma tarde arrancaron el rosal de raíz, lo desprendieron de los muros y la abuela cortó uno a uno los retoños para colocarlos en floreros por toda la casa. El primero que floreció, frente a la ventana de la cocina, nos llenó de amargura. Nunca antes me había sentido responsable por el desconsuelo de los demás. Padecí, por primera vez, aquella culpa tan grávida de lastimar a quienes más quería.

La sensación de anoche fue similar. Aunque sabía que no era el momento ni la forma, estaba convencido de que Javi aceptaría mi propuesta. Su no tajante me desconcertó, me hizo sentir despreciable. Qué infame equivocarme de una manera tan burda, más aún después de que él se refiriera a mí como su amigo. Sus valores, admito, son más nobles que los míos. Seguramente los de Sigmunð y Freyja también. Craso error de mi parte.

Regreso al baño y me lavo la cara con agua helada. Tengo el rostro más arrugado que de costumbre y las ojeras cuelgan como hamacas percudidas de mis ojos. Me visto desganado: ropa interior térmica, una camiseta blanca, jersey de lana, calcetines de cachemira y los pantalones *waterproof*. No sé lo que haré. Se avivan en mí esas ganas de desprenderme, de arriarme del mundo y me imagino caminando sobre la playa que recorre el fiordo hacia el mar abierto. Camino y camino hasta que se acaba la tierra.

Me pongo las botas y la parca para salir de casa. El coche está donde lo dejamos la tarde anterior. Habrá cogido, supongo, la furgoneta que parte temprano por la mañana a Ísafjörður. Su regreso a España será largo, pero en dos o tres días llegará a la colonia para reunirse con sus hijas. Tenía razón, ahí es donde debió estar todo este tiempo. Camino hacia la gasolinera y el incesante plic, plac de las cuerdas que rebotan contra las astas desnudas, sin banderas, me remonta una vez más a la novela de Laxness: «la fuerza más poderosa de Islandia es el viento invernal». Son ya los primeros días de primavera, pero el frío no da tregua.

Por primera vez veo un par de gaviotas. No me había percatado de ellas entre las aves que observo cada mañana. Hace años rescaté una con un ala rota que terminó sus días polvorienta en mi gallinero y dándose baños en la piscina. Sonrío al recordarla y, a pesar de la desdicha que llevo a cuestas, reconozco esta capacidad que tengo para agradecer. En eso no concuerdo con Javi. Soy un hombre agradecido y agradezco incluso momentos como estos, por muy penosos que sean.

Entro a la tienda de la gasolinera y el viento azota la puerta tras de mí. Un desconocido me saluda inclinando la cabeza. Recorro el lugar con la mirada y, para mi sorpresa, descubro a Javi sentado en una mesa al lado de la venta. Su equipaje desperdigado alrededor suyo y la propietaria del autoservicio de pie junto a él. Me acerco con pasos pesados. Si tuviera cola, ahora mismo la llevaría entre las patas. Ella me pregunta si quiero tomar algo. Le pido un té negro con leche.

—No ha salido el autobús esta mañana... —pronuncio en voz baja.

—El viento...

Pregunto si me puedo sentar. Una vez más soy el niño que rompió el rosal. Me sorprende mi timidez y recuerdo como necesité, en aquella ocasión, comprobar si mi abuela aún me quería. Indica con la mano que tome asiento y permanecemos mudos los dos.

Suspiro.

—No es que te quiera ofrecer una disculpa. Estamos más allá de eso... Más bien, quiero agradecer tus palabras, tu sinceridad. Lamento haberte traído hasta aquí, Javi, eso sí. Lamento haberte enredado y haberte mantenido alejado de tus hijas.

Él también suspira. Lo noto triste y cansado.

—Yo lamento lo que te dije, pero lo sostengo. No solo has nacido afortunado, sino que has construido una vida tan singular. La gente te respeta, te escucha. Y en lugar de valorar eso, lo echas por tierra. No quiero decir más, cada quien se organiza como puede, como quiere. Yo siempre he sido muy respetuoso de eso. Y me gusta que lo respeten. Pero creo que no te das cuenta de las bendiciones que tienes y de lo fácil que es tu existencia, comparada con el resto de la humanidad. Vivimos en tiempos muy jodidos. Y sí, digo vivimos y no sobrevivimos. Yo quiero vivir, Silvestre, no solo sobrevivir. Y quiero eso para mis hijas, ahí donde estemos.

Me relaja el tono de su voz. Mencionamos la fuerza del viento, incluso si parte el bus de la tarde, no habrá vuelos a Reikiavik y la idea de que vuelva a casa, aunque sea solo por hoy, me reconforta. Él señala lo mucho que ha cambiado el paisaje con los rayos del sol. «Sí, pero se va a volver a pintar de blanco en unos días», digo yo, «aún faltan varias tormentas antes de que la primavera llegue para quedarse».

Una vez más, la puerta se azota contra la estantería de los souvenirs. Es Davið que irrumpe vociferando en islandés. La dueña del autoservicio une las palmas de sus manos frente a su boca. Noticias inesperadas, buenas noticias, parece. Davið se percata de nosotros y agita sus brazos. «¡Vengan rápido, acaba de nacer un mamut!».

El taca-taca de dos helicópteros rasga la inusual calma de una mañana sin viento. Le sigue el zumbido de un jet que sobrevuela el fiordo a poca altura. Kurt Kersey, su familia y su vasto séquito aterrizan en la pista que delimita su propiedad y que, hasta ese momento, creí en desuso. Construida para emergencias médicas hace casi un siglo, apenas una discreta torre de control de apariencia soviética la identifica.

Mister Kersey nos ha invitado a Javi y a mí a comer a su chalet enclavado en la profundidad del valle, al cual se accede por una terracería que había permanecido sepultada bajo la nieve. Al bajar del coche nos recibe una decena de choferes y guardaespaldas, dignos del servicio secreto americano, y una bellísima pareja de pastores belgas nos olfatea con narices adiestradas para detectar desde explosivos, hasta virus y bacterias. «¿En qué momento llegó todo este regimiento?», nos preguntamos al ver el convoy de todoterrenos aparcado frente a la entrada principal. Javi no hace ningún esfuerzo por disimular su asombro. El rancho de los Kersey es un universo al que él nunca se había asomado. Los puntos de encuentro entre colonos y estoicos, a los que se refirió aquella vez, no lo habían acercado a una situación como esta.

Más allá de las dimensiones del chalet —una estructura de hormigón con enormes ventanales y vistas ininterrumpidas del valle;

— 169 —

descomunales vigas de madera que, en su momento, debieron ser árboles centenarios, talados en algún bosque americano y una chimenea más grande que nuestra cocina, en la cual arde leña importada, de proporciones igual de considerables —, lo que me impresiona es la actitud de Kurt y, sobre todo, de Yvonne, su mujer, una franco americana de tez luminosa y ojos azules que lleva el pelo recogido en una jovial coleta atada con un listón azul rey. Ella nos saluda con dos besos y una copa de vino tinto en la mano; en los dedos, diamantes; en las orejas, diamantes. Lleva un jersey islandés de textura inusualmente suave, pregunta qué nos apetece tomar y antes de que respondamos se planta ante nosotros un camarero con dos *gin and tonics* servidos en vasos de cristal cortado. «Hacemos nuestra propia ginebra», comenta Kurt. «La tenéis que probar». «Y Jason es nuestro barman estrella. Siempre viaja con nosotros», agrega Yvonne.

Mister Kersey coincide con la imagen que me había hecho de él: un tejano cosmopolita que se esmera por parecer un hombre sencillo y, en su fallido intento, deja entrever su privilegio desmedido. La pareja nos presenta a sus cuatro hijos, tres varones que apenas me dirigen la mirada, idiotizados con sus múltiples pantallas, y la menor, una niña de seis años que es la única en interesarse por Brimir. Así ha bautizado Davið al pequeño mamut. El gigante primario, según la mitología nórdica, el padre de una nueva raza. De su sudor nacerán los dioses.

Los Kersey han salido ilesos, sin el más mínimo rasguño, de las últimas décadas que al resto de los humanos nos han dejado, en mayor o menor grado, cojos, mancos o tuertos. Yvonne se mueve con una ligereza que hace tiempo no observaba. Tan erguida, tan ligera, copa tras copa de vinos impagables, similares a los que he servido en casa, pero con una ceremonia que aquí saldría de sobra. Esto es su día a día. Me pregunto cómo harán para abastecerse con los frutos del enebro y destilar su propia ginebra. ¿Tendrán su regimiento de drones *in house*? ¿O en sus ranchos de Colorado y de la Patagonia chilena aún existirán las abejas?

El almuerzo es suculento, preparado por un chef danés que ha llegado con ellos. Nadie comenta el hecho de que los quesos que sirven están acompañados de panes hechos con cereales y jaleas de moras casi imposibles de conseguir. Solo Javi y yo nos miramos. Él lo disfruta más que yo. ¿Cómo serán las arcas de comida de los Kersey? Imagino sus víveres transportados en vehículos blindados: jaleas, mieles, especies preciosas. El contrabando a su servicio, una logística militar para que ellos puedan desayunar como si el mundo no estuviese en llamas.

Brimir nació apenas hace cuatro días y Kurt y su familia ya están aquí, después de años sin venir. «*It's a miracle*», dice él. «*Our own little miracle*», agrega su mujer con una copa en la mano, invitándonos a brindar.

Aquella mañana Javi y yo nos montamos en la camioneta de Davið. Las latas vacías de Pepsi seguían acumulándose en el suelo y el olor rancio empezaba a desvanecerse en un molesto aroma dulzón. ¿Cómo era posible que nadie se hubiese enterado de la larga gestación? Según mi móvil, veintidós meses, 660 días, y Davið no había descubierto al recién nacido hasta hacía apenas una hora. Encontró a la madre con su cría en el granero, el pequeño ya de pie y con su pelaje casi seco. El parto habría sucedido de madrugada. «¡Primero pensé que era un pony y no entendí qué hacía entre los mamuts!», comentó durante el breve trayecto hasta el valle.

Los observamos desde afuera del vallado. Una cría canija y torpe, con la cabeza desproporcionadamente grande en comparación al resto de su cuerpo, y que se tambaleaba entre las patas de su madre para desde ahí mirarnos con ojos vivarachos y expresivos. A ella la cubría esa gloria de sacrificio, calma y sabiduría tan propia de la maternidad animal. Parecían comunicarse a base de respiros, algunos cortos, otros suspiros profundos y algún gemido rotundamente dulce por parte del pequeñín. Los cachorros, las crías de cualquier especie han de inspirar ternura para, a golpe de belleza, obligar a sus progenitores a quererlos y cuidarlos; la terneza como estrategia de preservación y aquella vulnerabilidad que evoca el deseo de cuidarlos. Fui por la cámara y empecé una meticulosa documentación del recién nacido.

Horas más tarde, después de que el pueblo entero se acercase a verlo, llegó un veterinario desde Patreksfjörður. Al día siguiente uno desde Reikiavik y dos días después, un primer grupo de científicos, periodistas y fotógrafos de Londres y Nueva York. Adoptaron a Javi como parte del equipo de especialistas y yo, un poco inútil, apenas pude justificar mi presencia con el pretexto de realizar un registro visual de los primeros días del recién nacido. El resultado fueron unos vídeos emotivos que Kurt me pide que proyecte mientras tomamos el café. A la niña no le gusta ese nombre. «Quiere que se llame Shiro, como su dibujo animado favorito», explica su padre. «Seguro que le podemos cambiar el nombre, ¿verdad que sí?», pregunta Yvonne a su marido. «Es mío, ¿verdad papá?». «Claro que es tuyo, princesa».

Es verdad: es suyo.

Ha iniciado a lloviznar. Después del café nos montamos en un todoterreno negro con Kurt al volante. Yvonne insiste en que ocupe el asiento del copiloto, Javi y ella se sientan en la fila de atrás. Me dice que tiente el poncho color borravino que se ha echado sobre los hombros. «Es lana de mamut», explica, «muy impermeable». La palpo: áspera, densa, pesada. Nos ponemos en marcha y una segunda camioneta nos sigue a pocos metros.

Le pregunto a Kurt qué lo trajo originalmente a Islandia.

—Nuestro petróleo —responde— desde el final de la Segunda Guerra Mundial, el gobierno islandés ha sido cliente de mi familia. Y hace treinta años instalamos los primeros aerogeneradores en la isla. Hasta la fecha seguimos vendiéndoles tecnología para su energía eólica. Somos sus principales proveedores.

—¿Aún importáis petróleo? —pregunta Javi.

—Poco, pero sí. En específico a esta zona, a los Westfjords, la única región que no es autosuficiente. Aquí no tienen las fuentes geotérmicas que hay en el resto de la isla y estas montañas que veis —las señala a través del parabrisas— nos mantienen aislados. Una sola línea arcaica conecta con la red eléctrica principal. Está tendida encima de la cordillera y es imposible fiarse de ella durante el invierno.

—Que es la mayor parte del año —comento.

—El secreto sucio de Islandia —me guiñe el ojo mientras conduce— en Ísafjörður, a cincuenta kilómetros de aquí, hay una planta que abastece a la región con electricidad. ¿Con qué creéis que la alimentan?

—Petróleo —responde Javi.

—Diesel. Importado de Texas por mí y por mi hermano.

No me sorprende. Todos los gobiernos son igual de cínicos.

—¿Así que Islandia, al final, no es tan verde? —pregunta Javi.

—Comparada con otros países lo es. El sur de la isla sin duda. Donde estamos nosotros no. Los hábitos de la gente, tampoco.

Ya lo había notado: el agua sale bullendo del grifo, las duchas en la piscina arrojan demasiada agua, la calefacción en casa no se puede regular. Por ello le dije a Laline que Islandia me recordaba a los Emiratos Árabes, oasis artificiales que dependen de la calefacción o del aire acondicionado.

—La gente no camina. ¿Habéis visto que en el pueblo van de su casa, a la piscina, a la gasolinera en coche aunque todo queda a menos de 1 km de distancia? —pregunta Kurt mientras maniobra una ligera curva en pendiente.

Tiene razón.

—Y cuando se detienen a comprar algo en la gasolinera —continúa— dejan el coche andando. Es su punto de reunión, así que se ponen a charlar y el coche quince minutos en marcha con la calefacción a tope. Aunque sea un coche eléctrico, ¿de dónde viene la energía que alimenta los puntos de carga?

—Del diesel tejano —refunfuña Javi.

—Hemos propuesto soluciones. Vaya que sí… Si supierais la cantidad de reuniones con el gobierno local… Pero el islandés del norte es muy testarudo. Tiene mente de pescador.

—¿A qué te refieres con «mente de pescador»? —pregunta Javi.

—La impredecibilidad del clima no les permitía planear con antelación. Si hacía bueno, salían al mar y en días de tormenta se quedaban en casa a ocuparse de otras tareas. Aún piensan así. Son incapaces de prevenir y eso lo extrapolan a todo en su vida. A ver cómo está el clima, a ver cómo se sienten, a ver si les apetece hacer una inversión, a ver si esto, a ver si aquello...

—¡Ahí están! —grita Yvonne.

Kurt baja la velocidad y el vehículo que nos sigue se posiciona entre nosotros y la manada que avanza a paso lento en dirección al granero.

—¡Cómo crece el pequeñín! —dice Javi entusiasmado.

No es solo cuestión de tamaño, a pesar de que, según los veterinarios, aumentará un kilogramo de peso a diario durante sus primeros meses. Es también la confianza con la que se desenvuelven él y su madre entre el resto de la manada.

—¡Ya no nos tiene miedo! No sabéis esta mañana cuando vinimos a verlos con los niños, el susto que le dieron tantos coches. Shiro estaba aterrado, pobrecito... —dice Yvonne.

De nuevo ese nombre.

—¿Cómo trajisteis los mamuts hasta aquí? —pregunto.

—En barco desde el puerto de Halifax, directo a Þingeyri y luego en convoy.

—¿Tienes fotografías?

—Claro. Muchísimo material, le diré a mi asistente que te lo haga llegar. Ahora estamos viendo si harán la travesía de nuevo en barco hasta Houston, o si es mejor que vuelen desde Reikiavik.

—¿Cómo? —cuestiono asombrado.

Brimir, insisto en su nombre, y su madre serán transportados a Texas. Kurt lo anuncia sin más. Busco a Javi por el retrovisor y él, sin devolverme la mirada, se asoma entre los respaldos de nuestros asientos para preguntar cuándo piensa llevárselos. Apenas crezca un poco emprenderán el viaje para que los estudien en la sede de su empresa de biotecnología. Mientras tanto se instalará aquí un equipo de biólogos para dar seguimiento a su desarrollo y para analizar al macho.

—A Rubio —decimos Javi y yo a la vez.

En la mitología nórdica, Brimir es, a la vez, masculino y femenino y posee unas axilas milagrosas de cuyo sudor, mientras duerme, surgirán hombre y mujer. Proviene de las gotas de veneno del Élivágar, aquel gran río congelado que emana de las fuentes originales. De esas mismas gotas se ha formado también Auðumbla, la vaca primaria que con sus urbes sagradas lo amamantó. Leche bendita, calor mamífero. Ambos viven en un árido vacío llamado Ginnungagap. Ahí, en la propia nada dormirá su siesta creadora y de la oscuridad de su sobaco izquierdo surgirán la mujer y el hombre; de sus piernas, un ser de seis cabezas; de su carne, la Tierra; de su sangre, los océanos; de sus huesos, las montañas; su melena se transforma en árboles y sus sesos en nubes. Su cráneo será la bóveda celestial y en sus cejas viviremos.

Esta mañana hemos pesado a Brimir en una báscula para ganado. Cumple a rajatabla con su kilogramo diario de crecimiento. Los veterinarios le han tomado muestras de sangre a la madre. Tiene deficiencia de calcio, no la suficiente para causar alarma, pero sus niveles de cortisol han aumentado, así que deciden administrarle una solución de calcio por vía intravenosa, mientras Javi la entretiene con una carretilla repleta de coles que le tira como si fueran balones. Yo aprovecho para filmar a Brimir de cerca. Sabe diferenciar entre la cámara y yo, el objeto que tengo en la mano le despierta curiosidad, pero no es el foco de su atención. Soy yo y, sin despegarse de su madre, se asoma para mirarme directamente a los ojos. Su lenguaje corporal es tímido y torpe, pero día con día incrementa el dominio sobre sus extremidades larguiruchas. Nuestras miradas se cruzan una última vez antes de que se adentre en la gruesa lana de su madre para engancharse a su pezón. «Habrá que vigilarla que coma bien», dice el veterinario británico, «pero la forma en la que ha devorado las coles demuestra un sano apetito».

Javi se queda a tomar una cerveza con Davið y yo regreso al pueblo a pie para ir a nadar al polideportivo. A medio camino, a la altura de las construcciones dedicadas a la seca del bacalao, distingo los gemidos de un cachorro y me detengo. Silencio, solo el viento y algunas aves a la distancia. Continúo y ahí está de nuevo, por encima de la fricción de la tela impermeable de mis pantalones. Parecería un cachorro canino, un zorro quizás, que está reclamando a su madre. Intento identificar de dónde proviene, pero apenas me detengo, deja de llorar una vez más. Es un gimoteo inquietante, de auxilio y parece provenir de la playa. Para llegar hasta ahí tendría que atravesar, al menos, unos cien metros de nieve profunda y estaría dispuesto a hacerlo, si ese lloriqueo me supiera guiar, pero invariablemente, cada vez que afino los oídos, enmudece. Parece una broma, como si algún animal estuviese burlándose de mí. Quizás sea un ave, las hay capaces de eso y más. Después de varios intentos desisto y reanudo mi camino.

Ya en la piscina, los gritos de una niña que juega con su barco vikingo de Playmobil atirantan el desasosiego provocado por los llantos del cachorro. Su abuela, en bañador y con el pelo húmedo, la observa desde la mesa donde Sigmunð y sus amigos suelen reunirse a beber café. Quisiera protestar o, al menos, reclamar con la mirada, pero no me atrevo. Este es su pueblo, no el mío, y la niña puede desgañitarse lo que aguanten sus pulmones. Repaso una conversación que tuve hace tiempo con Laline al bajarme con fiebre de un avión, según yo, por culpa de la insufrible rabieta de una criatura durante el vuelo. Mientras el gimoteo de un cachorro me instiga a socorrerlo, el llanto de un bebé me aguijonea con migrañas. Laline, tan propensa a la astrología y el misticismo, dijo que ese era el león que llevo en mí: «es de tu misma especie y, como el cachorro que llora no es tuyo, tu instinto animal sería matarlo».

Sentados junto a la abuela están aquellos hermanos gemelos que noté desde la primera vez que visité la piscina. Su principal diferencia es que uno de los dos tiene la piel del rostro, del pecho y de los hombros carcomida por los restos de un voraz acné. No son ni guapos, ni feos, pero los encuentro fascinantes, tan cinematográficos los dos, con sus extremidades largas y esos bigotes desatendidos. Son los únicos jóvenes de su edad que he visto en el pueblo y me despiertan una curiosidad que raya en el morbo. Visitan la piscina dos veces al día, pero no para nadar, solo para remojarse. En los vestuarios cuelgan su ropa de perchas consecutivas: pantalón frota con pantalón, camisa contra camisa; arriba, sobre la estantería, sus boinas idénticas y sus calzoncillos a la vista, de la misma marca. Todo apesta a encerrado, a sudor y cebo. Encuentro algo casi incestuoso en tanta contigüidad. Los observo entre brazadas. Uno de ellos, no alcanzo a distinguir si es el de las cicatrices o no, entrelaza sus manos por detrás de su cabeza dejando al descubierto el oscuro remolino del vello de sus axilas. Parece una pintura de Schiele, con rodillas y codos rojizos y protuberantes.

Me ducho después de nadar. Tengo caspa y la piel de brazos y piernas muy reseca por tanto champú y jabón. Entrecierro los ojos para no verme en el espejo al salir de los vestuarios. La venezolana que atiende detrás del mostrador del polideportivo me regala un libro que ella misma escribió y publicó. Se titula *Autosarcophagy, to Eat Oneself* y las ilustraciones son de un amigo suyo español que desde hace años pasa temporadas en Þingeyri. Me pregunta si lo conozco. La ilustración de la portada muestra una axila enraizada. Hoy me persiguen los sobacos. Mi sobaco izquierdo es —¿era?— una de mis zonas erógenas más sensibles. Bastaba con que me lo comiesen bien para hacerme eyacular sin necesidad de masturbarme. La axila milagrosa de Brimir es, justamente, la izquierda. Ojeo el libro de camino a casa. Es una colección de cuentos y uno de ellos menciona una teta que crece de un ojo. La mirada del elefantito, la leche de su madre; aquel misterioso gimoteo animal, los aullidos de la niña, el denso sobaco del gemelo; el sobaco enraizado y este ojo teta. El mito de Brimir apunta a algo que podría semejar un género islandés de realismo mágico.

Esta mañana fumé un cigarrillo con el torso desnudo frente a la puerta de casa. Aunque el termómetro marcaba 3°C bajo cero, no sentí frío. Al contrario, mi piel agradeció los rayos del sol. La momentánea tregua del invierno nos ha concedido estos días que tanto echábamos en falta. Por primera vez desde nuestra llegada, la gente se deja ver con rostros, cuellos y manos al aire; los niños que juegan en la calle después del almuerzo me despiertan de la siesta y, sobre la acera, afuera del polideportivo, apilan sus bicicletas que estuvieron guardadas durante meses. Hoy observé a unos que, intuyo, se fantaseaban mamuts, revolcándose sobre la nieve que la barredora ha acumulado a un costado del cementerio. Finalmente hemos conocido a los vecinos de la casa de al lado, aquellos con la escultura luminosa de un gato en su jardín, que ahora sobresale entre la nieve derretida. Tienen un bebé y dan paseos con la criatura en brazos. También hemos visto perros que no habían salido antes de sus casas: un schnauzer, una pareja de labradores color chocolate y un macho dálmata que galopa sobre la nieve como si fuera un potro.

No es solo el clima, estoy seguro. Brimir nos tiene a todos entusiasmados. En casa despertamos cada mañana con las noticias de Davið que se ha instalado en la boardilla del granero para dormir cerca de la madre y su pequeño. Envía mensajes de audio: «Brimir y la madre pasaron buena noche»; «Brimir ya no se asusta con su sombra»; «Brimir ha bebido agua por primera vez, pero lo hace directamente con la boca, no sabe usar su trompa aún», y su mensaje va acompañado de una foto del pequeñín arrodillado sobre el fango.

Javi y yo fingimos que la charla de aquella noche nunca tuvo lugar. Sin ponernos de acuerdo, ambos hemos decidido que es mejor eludirla y concederme una amnistía. Amnistía y amnesia comparten la misma raíz griega que implica la ausencia de memoria. Nos hemos desecho de ella para seguir adelante y yo freno mi mente cada vez que osa encarrilarse hacia esa ratonera. Aún no sé qué voy a hacer. No sé cómo atracarán en mí los próximos días ni con qué fuerza me revolcarán las semanas, pero hoy estoy bien. Por ahora me limito a estirar mi rostro a base de sonrisas, algo que buena falta me hacía. Sonrío al prepararme un té, sonrió mientras camino y, por primera vez en tanto tiempo, esta mañana sonreí al verme en el espejo. En la piscina saludo con afecto a Sigmunð y Freyja, intercambiamos noticias de Brimir, ella bromea con que es su nuevo nieto y que le está tejiendo una bufanda. Me detengo a contemplar a las focas cuando camino hacia el valle y sonrío. Ellas también disfrutan del sol. El veterinario británico me explicó que mantienen aletas frontales y caudales fuera del agua para regular la temperatura de su cuerpo, ya que la irrigación sanguínea en sus extremidades es menor que en el resto de su anatomía.

La noticia del nacimiento de Brimir ha dado la vuelta al mundo. Al final se impuso ese nombre, lo siento por la niña Kersey. Kurt y su familia se marcharon con la misma agilidad con la que llegaron, no sin antes posar para las cámaras de varios fotógrafos. «La resiliencia de la naturaleza», lee uno de los encabezados; «Milagro de la naturaleza en Islandia»; «Brimir, el mamut inesperado». Þingeyri está en boca de todos, aunque la mayoría de los corresponsales no saben pronunciar bien su nombre. *How To Spend It*, el suplemento semanal del *Financial Times*, muestra en su portada a mister Kersey, alimentando a Brimir con un biberón de galón y medio. La fotografía asemeja el cartel de una película de ciencia ficción y, a momentos, parecería que haber echado mano de nuestro pasado más remoto para reparar nuestro presente, al final, no era una idea tan descabellada.

Grunnskólinn, la escuela primaria de Þingeyri, ha montado una obra de teatro en el centro comunal que queda sobre nuestra calle en dirección al puerto. Pensaba que aquel edificio sería, quizás, una hostería abandonada, con gruesas cortinas rojas de terciopelo deslavadas por el tiempo en románticos tonos rosados. Han decorado su ingreso con dos banderas islandesas y, en la acera de enfrente, padres y familiares improvisaron un parking para sus todoterrenos.

Pago nuestras entradas, mil coronas por cabeza, y nos dan un programa ilustrado con dibujos infantiles. Saludamos a Sigmunð y Freyja que han reservado dos asientos junto a ellos. A las diez de la mañana, es la primera de dos funciones. La segunda será a las siete de la tarde, pero me pregunto quién vendrá a esa hora, si todo el pueblo parece ya estar aquí: la gente mayor que se reúne en la piscina a cotillear; la venezolana de la piscina; la dueña del autoservicio —se supone que a las 11 tendría que abrir la gasolinera—; Davið; la abuela de la niña escandalosa e, incluso, los gemelos que asemejan una pintura de Schiele. Reconozco a la mayoría, aunque también hay rostros nuevos: una familia de filipinos; otra, creo, de polacos —me pregunto si serán lo que robaron en casa de Davið—. Observo a los que, supongo, serán los familiares de una pobre criatura que he visto en el polideportivo, gordo hasta en los párpados, con tetillas propias de una adolescente. Sus padres igual de obesos, con la humanidad que se les descuelga entre tanta carne. Sigmunð se percata de que les observo y susurra: «es una familia problema que hemos recibido hace poco. Hay tres así en el pueblo. Todos han huido de Reikiavik, porque aquí la seguridad social los deja en paz. No les exigen buscar empleo, porque no lo hay. Así que a fin de mes cobran sus cheques y ya está. Es un nuevo cáncer al que nos estamos enfrentando». En efecto, sentada en una esquina hay otra mujer igual de gorda, con psoriasis en la cara, piel muerta que cuelga de sus cejas y el pelo grasoso atado en una coleta rala y desgreñada. He advertido mucho sobrepeso entre los niños, más que entre los adultos. Me pregunto si se deberá a algún desafortunado cambio en la alimentación, a los famosos geles que venden en el autoservicio, o a los estragos de un largo invierno, encerrados en sus casas. Quizás, en algún momento pegarán el estirón y esa grasa acumulada se convertirá en sus grandes hombros, sus estaturas, sus largas extremidades, sus grandes pies.

La obra que vamos a ver, *Emil Í Kattholti,* es de una escritora sueca muy conocida en todos los países nórdicos y va de un niño que no hace más que liarla, explica Freyja, mientras los últimos en llegar toman asiento. El personaje principal, según leo en el programa, será interpretado por nueve alumnos distintos. Gudrún, otro de los personajes, debía pertenecer a una niña de nombre Lina, pero una corrección hecha a lápiz sobre el programa anuncia que correrá a cargo de un tal Anton.

De pequeño me habría enamorado de la directora del colegio. Se le ve orgullosa y muy digna cuando da la bienvenida frente a un telón rojo granate con grecas blancas y azul celeste. Su rostro es armónico, bello, viste un traje de dos piezas color marrón y una blusa con brillos dorados. Le siguen tres alumnos adolescentes, los narradores: dos chicas y un varón disfrazado de campesina con trenzas de estambre amarillo. ¿Será el Anton del programa, que ha sustituido de último momento a su compañera? Abren el acto los pequeñines de kindergarten y me intriga cómo desde esa tierna edad sobresalen ya los que poseen sed de protagonismo. Dos niñas llaman mi atención. A una de ellas la habrán posicionado al centro del coro por su desenvoltura. La otra, en cambio, es de las más pequeñas y, escondida en uno de los extremos, observa aterrada a la audiencia sin atreverse a abrir su boca. Empiezo a dilucidar parentescos al distinguir quién capta a quién con sus móviles. Una vez que termina la primera canción, la niña del centro se despide con una desparpajada reverencia, recogiendo su vestidito de lunares, mientras que la de la esquina permanece absorta y una mujer tiene que cogerla en brazos para bajarla del escenario.

Reviso el programa en vano, buscando alguna indicación de cuánto durará la obra de teatro y, al repasar los nombres de los alumnos, descubro un personaje que se llama Brimir. ¿Habrán incorporado al recién nacido a la obra? ¿O se referirán al gigante del sobaco milagroso? Finalmente se alza el telón para revelar el escenario decorado con un *attrezzo* ingenioso que incluye dos salchichones tejidos y un jamón hecho con almohadas.

Algunos adultos se han unido al elenco como apuntadores para apoyar a los alumnos con sus diálogos. Aún así, resulta inevitable que la trama se descuaderne y esos momentos resultan los más cómicos. Javi y yo reímos con el resto del público, aunque no entendamos una sola palabra. Los pequeños actores exageran sus gestos al devorar una sopa imaginaria con velocidad improbable. Antes de alzarse de la mesa, el personaje principal termina con la cabeza atascada en el cazo de la sopa y desata un alboroto de carcajadas y gritos. Mientras tanto, a la izquierda del escenario, una niña se gira constantemente hacia atrás, donde no hay nadie, como si esperase una señal del vacío para ocuparse del cuenco de madera que tiene enfrente. Pasa varios minutos así, sin llegar a tocar la pala para batir su mantequilla de fantasía. La percibo alejada del resto, en jaque, con sus deditos agarrotados. Su desasosiego y su cuello torcido hacia la nada le otorgan cierta cualidad histriónica. Hay algo poético en su zozobra que me conmueve, las puntas de sus dedos podrían en cualquier momento soltar un chispazo. El alboroto con Emil prosigue con su cabeza detrás del cazo de papel maché. Cambian escenografía sin bajar el telón y la niña del cuenco desaparece. Sustituyen su cuenco de mantequilla por una máquina de escribir, añaden una silla y cuelgan un afiche del cuerpo humano. Emil irá al médico para que le desatasque la cabeza. Entra entonces a escena un adulto a gatas, enfundado en un mameluco de peluche marrón y con una trompa de alambre y tela. Un arnés lo sujeta a una carreta de cartón. Es Brimir, el mamut héroe que llevará a Emil a urgencias. Javi, ruidoso, a la española, irrumpe con sus aplausos y los demás no tardamos en unirnos a su entusiasmo.

Mientras corro observo las maneras distintas que tiene la nieve para derretirse. Está la que se encostra para, poco a poco, encogerse y, al hacerlo, se desprende del suelo. Pisarla produce un crujido satisfactorio. Está aquella, tan puñetera, que se convierte en hielo para aferrarse al asfalto y las aceras. Está la que, de tanta grava que se ha comido, se vuelve casi asfalto. Está la que se ensucia para parecer polvo, de aquel que se acumula bajo la cama con piel muerta y pelos perdidos. Está la que se embocan los niños y se hace agua en su garganta. Está aquella tan noble, que se encañona en un riachuelo de aguas muy puras para resbalar poco a poco, desde las colinas hasta el fiordo. Está la que también se hace río, pero fluye por el drenaje y su canto se escucha a través del alcantarillado. Está la que se cristaliza sobre las raíces de la hierba hecha nudillos en las faldas del monte. Está la que en la playa se hace hielo, luego agua, luego hielo. Está la que se consume poco a poco, escondida en los tejados, en los porches, detrás de las naves del puerto o abrazada a las boyas anaranjadas y amarillas apiladas tras las oficinas de la empresa de pesca. Está la que apiñan en montículos percudidos a un costado del cementerio. Está la que ha regado esas tumbas y que al marcharse deja tras de sí un fárrago de veladoras, ramas rotas y cruces olvidadas.

Con trote ligero me alejo del pueblo y, poco antes de la desviación que conduce hacia los mamuts, advierto algo extraño ante mis ojos. Es un efecto similar al del asfalto caliente, ese espejismo que flamea sobre la carretera en días calurosos, solo que a la mitad de mi campo de visión. Quizás sea consecuencia de mi propia respiración en el aire frío, pienso, o de la luz que se refleja en la nieve, aunque no es una mañana especialmente despejada y el sol sigue aún muy bajo, detrás de la colina que me arroja su sombra. Veo entonces un punto de luz y me detengo. Cierro el ojo izquierdo y ahí está. ¿Algo en el nervio ocular? Cierro el derecho, pero ahí sigue. Es una órbita, justo frente a mí y la veo con los dos ojos. Su centro irradia en azules y púrpuras, casi como una cruz, con un halo de luz blanca en torno y un penacho de resplandores celestes. Resultado de la nieve y el sol, insisto y continúo sin darle mayor importancia.

Acelero el paso y me adentro en el camino de grava que parte hacia la izquierda. Una pareja de cisnes cantores vuela sobre mí y, poco más adelante, empiezo de nuevo a avistar aquel parpadeo. Me detengo y observo a los cisnes que aterrizan en el río. Al lado suyo hay dos más que, de pie sobre rocas sumergidas, resisten la fuerza de la corriente que tira hacia el mar. Se muestran ante mí con sus cuellos de dinosaurio y sus plumas blanco fantasma. Uno a uno emprende el vuelo: expanden sus alas, corren sobre el agua y despegan alejándose valle adentro.

Alcanzo los seis kilómetros y me giro para completar los doce que tengo planeados. Recorro una vez más el camino de tierra para incorporarme a la carretera asfaltada y, a medio camino antes de llegar al pueblo, escucho la misma psicofonía de días atrás, aquel gimoteo de cachorro perdido que me obliga a detenerme. Intento identificar de dónde proviene, determinado a atravesar el campo que aún conserva su nieve profunda para llegar hasta la cría extraviada. Pero se repite la misma situación: apenas presto atención, enmudece; empiezo a moverme y se suelta a lloriquear. Después de varios intentos me percato de que el llanto resuena en el mismo sitio donde apareció la órbita minutos atrás.

Llego a casa y llamo a Laline para contarle lo sucedido. Dice que los ruidos de mamíferos son uno de los medios que utilizan

— 184 —

los espíritus para comunicarse con nosotros, ya que pertenecen al mismo paisaje sonoro de nuestro lenguaje. Son ruidos que nuestro cerebro puede registrar. «*Mammal sounds might be an attempt to communicate*. Si yo fuera tú, me vestiría muy abrigado e iría a sentarme a ese mismo lugar a esperar. Quizás esas otras formas de vida se comuniquen contigo, algún mensaje tendrán. Me queda claro que quieren llamar tu atención y lo han conseguido. No corres ningún riesgo, siempre y cuando te conozcas a ti mismo, como dicen los abuelos». Respondo que aquel parpadeo me obligó a detenerme para observar los cisnes. Eso en sí fue maravilloso y suficiente. «No es peligroso», continúa, «pero si no estás integrado con tus sombras y tu ego, te puedes volver loco», sentencia. «Me conozco muy bien», respondo. «Mejor que antes, *my love*, te conoces *mejor* que antes».

«Es parte de mi trabajo», bromea mi agente cuando le digo que sabe ser insistente. Sus mensajes llevan días acumulándose, pero accedí a atender su llamada cuando adelantó que tenía una petición de Mr. Kersey.

—¿Qué quiere? —pregunto enfadado.

—CNN en Español quiere entrevistarte.

—¿Sobre?

—Los mamuts... Ya les he advertido que no quieres decir nada sobre tu próximo proyecto —se apresura a puntualizar.

Hace bien. No tengo nada que decir al respecto.

—Pero, oye, algo tendrás que contarme a mí, ¿no? —insiste ante mi silencio.

—No mucho, la verdad, el nacimiento de Brimir nos ha tenido ocupados.

—¡Es que es monísimo!

Monísimo se le puede decir a un cachorro de Jack Russell. Brimir es mucho más que eso. Hoy tengo poca paciencia.

—¿Y qué quieren saber sobre los mamuts? —pregunto con ganas de hacerle notar mi enojo.

—Pues *todo* el mundo está encantado con tus vídeos de Brimir.

—Debí pedirle a Kurt que no usaran mi nombre.

—¿Que no se supiera que son tuyos? ¿Por qué ibas a hacer eso, Silvestre? Son vídeos que tienen muy felices a todos.

Acepto la entrevista a regañadientes y enfatizando que accedo por tratarse de mister Kersey. «Sería una falta de educación no hacerlo, muy diva de mi parte», intento convencerme ante mi agobio. Me reenvía las indicaciones de la redacción para unirme al programa en vivo esa misma tarde.

Decido tomar la entrevista desde el granero y ahí, frente a las puertas corredizas, monto trípode, tableta y un reflector de obra que me ha prestado Davið. A la distancia, detrás de mí, se alcanzan a divisar las siluetas de los mamuts. «En dos minutitos entramos al aire», me dice una mujer con acento cubano desde el estudio de grabación en Miami. «Estése bien atento, por favor, que vamos *live*». Me enderezo el cuello de la camisa que sobresale por encima del jersey. «Cuatro, tres, dos, uno». La presentadora me saluda, me da la bienvenida a su programa, pestañea con sus grandes ojos azules, gatunos y revela una sonrisa redomada con dentadura blanco artificial.

—Nos enlazamos hasta Islandia con el cineasta español Silvestre Alix —acento mexicano—, señor Alix, un gusto y un privilegio poder conversar con usted.

Me chirrían los dientes al escuchar la palabra *privilegio*.

—El gusto es mío.

—El mundo entero está conmovido con la noticia del nacimiento de Brimir, este mamut, que usted ha vivido tan de cerca. De primera mano, vamos... Es un suceso que biólogos y científicos investigan, ya que se pensaba que todos los mamuts eran estériles. ¿Correcto?

—Así es. Su nacimiento fue un hecho imprevisto. Nadie se percató de la larga gestación y, por lo mismo, se ha desplazado hasta aquí un equipo de biólogos que lo están estudiando a él, a la madre y al padre.

—¿Y ya han podido determinar algo al respecto?

—Me temo que eso tendrá que preguntárselo a ellos.

—Cuéntenos, por favor, señor Alix, ¿cómo ha sido vivir esto tan de cerca?

Ha sido esperanzador, pienso. Y la esperanza importuna porque nos desadormece y se enfrenta, cuerpo a cuerpo, con lo cómoda que puede ser la resignación. La esperanza es virulenta, se esparce y acarrea consigo apetencias y anhelos que se habían quedado atrás. Nos advierte que algo, o alguien, vale nuestras ilusiones, no sin, al mismo tiempo, alertarnos sobre el peligro de perderlo, de que no suceda, de que nunca se materialice. La esperanza no es una garantía, es lanzar una moneda. Con la esperanza se gana o se pierde.

—Ha sido conmovedor. Suerte la mía de estar aquí.

—Usted filmó las escenas que han dado la vuelta al mundo y que nos tienen tan ilusionados.

—Es verdad que Brimir nos tiene ilusionados, pero no perdamos la proporción de los hechos. Su nacimiento no quiere decir que la especie sea viable. Al menos no aún.

—Un milagro, entonces. Señor Alix, le hemos otorgado un valor primordial al pequeño Brimir. ¿A qué atribuye usted este fenómeno?

—A que estamos necesitados, como usted dice, de milagros. Queremos creer. Queremos distraernos. Y Brimir nos invita a ambos. Verá usted, los mamuts son una especie con un valor cultural y emotivo incalculable para la humanidad. Resucitarlos era, quizás, un ejercicio para reparar el pasado. Al decir resucitarlos, usted sabe a lo que me refiero. Estos animales que veis detrás de mí no dejan de ser elefantes asiáticos con genoma de mamut. Una nueva especie, al final del día, pero con las características físicas de aquel gran paquidermo que nos acompañó en el inicio de nuestra historia. Traerlo de nuevo a la vida era una forma de volver a empezar...

—Brimir es eso: ¿un nuevo inicio?

—Brimir no es mágico, es una cría de...

—Señor Alix, perdone que lo interrumpa, pero algo de magia habrá en él, ¿no es así?

Claro que la hay, pero no lo quiero reconocer frente a ella. No quiero aceptarlo en televisión y mostrarme como un pelele.

—Si la tuviese, ¿qué esperamos? ¿Qué va a solucionar con su magia este elefantito? Como decía, Brimir es una cría de *Mammuthus novus*, el nombre científico de su especie, que pesa, si no me equivoco, ahora mismo unos 160 kilogramos, que provoca mucha ternura, que nos ilusiona. Aquí en el pueblo, en Þingeyri —enfatizo la pronunciación correcta— nos tiene a todos muy contentos, sin duda, pero no es el famoso bloque que le falta a la Torre de Jenga. No va a solucionar nuestros problemas. Ni los de este pueblo, ni los míos, ni los de la humanidad.

La presentadora me mira contrariada, como si no supiera a qué problemas me refiero y, después de intentar hacerme sonreír con un par de comentarios absurdos, desatiende las indicaciones de mi agente y me pregunta si tengo algún proyecto cinematográfico en puerta relacionado a los mamuts, si haré algo con todo el material que he recopilado. Respondo, lo más exiguo posible, que aún no lo sé y me limito a atender el resto de la entrevista con frases infructuosas que hacen crecer en ella una visible frustración.

La entrevista me ha dejado el mal sabor de boca de mi otra realidad, aquella que se desteje más allá de Islandia y se asoma solo para agobiarme. Apenas la advierto cerca, la piel se me encoge, me queda chica en los nudillos y en las corvas de las rodillas. Siento, quizás, también algo de culpa por cómo me comporté con la presentadora. Suele suceder: trato mal a la gente y luego me viene este remordimiento. Laline alegaría que mi carácter es producto de la eterna inmadurez que remolco conmigo y luego, sin que yo se lo pidiese, lo excusaría argumentando que es parte de mi genio creativo. Como si para disfrutar de este, he de sufrir de aquel. Pilar, mi exmujer, alguna vez insinuó que quizás padecía de un síndrome de Hubris no diagnosticado. De ahí mi soberbia, arrogancia y desprecio por las opiniones de los demás. Más de una vez me han tachado de narcisista y un crítico de cine escribió que si hubiese sido tan pedante desde siempre, nunca habría ganado un óscar. Tiene razón. Para los galardones, al final de cuenta, hay que hacer campaña y desde hace tiempo no me veo más en la labor.

Aunque me he amargado con los años, la vida en Þingeyri, la que nos hemos hecho aquí en los Westfjords y que toma tierra en Brimir, me sabe más liviana. Y es que nuestra cotidianidad es sincera, simple. Javi y yo nos hablamos porque tenemos cosas que contarnos y pasamos tiempo juntos porque nos caemos bien. A pesar del nexo laboral que nos une, hace mucho tiempo que no entablaba una amistad tan fresca. Desde mi juventud, quizás. Algo similar sucede con Sigmunð y, a pesar de que algunos rasgos de su personalidad se me escapan, incluso con Davið.

Después de desmontar el estudio que había improvisado en el granero y de devolverle a Davið su reflector, me aproximo a pie a la manada que pastea cerca del vallado, al otro lado de un riachuelo, cuyo caudal fluye enérgico hasta desembocar en el mar. La madre y su cría, sin cruzarlo aún, se entretienen frente a un meandro donde el agua casi se estanca y Brimir gira entusiasmado sobre sí mismo al notar cómo la superficie quieta le devuelve su propio reflejo. El cachorro del agua imita sus movimientos y ambos agitan sus trompas a la vez. Se tropieza y su reflejo también. La madre me mira, reconoce mi presencia y, sin prestarme mucha atención, observa con serenidad cómo su cría se distrae con unas aves curiosas que revolotean a su alrededor. Su capacidad de atención es momentánea y los constantes estímulos lo desvían del reto que tiene frente así hasta que, cauteloso, se aproxima de nuevo al borde del agua y, con un delicado aleteo de sus orejas, columbra la brisa marina que llega desde la playa. Un charrán aterriza cerca, pero esta vez Brimir apenas lo voltea a ver. Esa masa de agua, el riachuelo que se acoda manso entre rocas cubiertas de musgo, lo tiene hipnotizado. Como si reconociera su aprehensión, la madre se aproxima y con un suave empujón de su trompa, lo alienta a que dé un paso adelante. Brimir sumerge su trompa en el agua y sus patas delanteras tambalean. La sensación helada lo sorprende y se recoge en sí mismo, con las orejas retraídas contra su cráneo y la trompa enroscada. Ella emite un profundo murmullo que parece calmarlo y Brimir se anima a dar un paso, luego otro, hasta hundirse por encima de las rodillas.

Sus ojos brillan con los destellos del sol que empieza a ponerse y, con un estallido de confianza, el mamut se lanza hacia adelante, chapoteando con alegría. Se gira hacia su madre y la salpica con su trompa. Ella se adentra en el riachuelo, succiona agua y la escupe en un potente chorro. Brimir salta emocionado, se aproxima a la orilla opuesta para, de nuevo, dejarse ir hacia lo más profundo. Se persiguen, ella lo corretea más allá del meandro y Brimir siente la fuerza de la corriente. Observa fascinado el vacío que crea su cuerpo en el caudal burbujeante que lo rodea, como si aquello le brindase una noción de sus propias dimensiones. Mueve una a una sus patas, orgulloso de su temple hasta que, finalmente, emergen juntos, madre e hijo, en la otra orilla. Los fotografío con sus lanas humedecidas, bañados por la luz dorada, ya casi de primavera. Es una imagen conmovedora que envío a mi agente para depurar mi conciencia. Perdonadme si he sido grosero.

Þingeyri ha tenido un efecto extraño en mis sueños. Quizás sea el viento que arrecia durante la noche por los corredores que le tienden las casas, su constante silbido, su golpeteo contra las ventanas, rítmico, casi humano. Los trastornos del sueño son un fenómeno común en Islandia. Algo de su paisaje perturba, desbarata la calma para resucitar una vigilia primigenia, aquel desvelo almibarado que engatusa la imaginación. Son sueños que timan a la realidad, que la indisponen. La atrapan como hace la araña con su presa y la momifican para devorarla más tarde. Aquí, cada noche nos volvemos a adentrar en la axila de aquel gigante, donde su sudor se condensa en bosques de pelo y brota como rocío, como veneno. De él bebo.

He soñado, en efecto, con gigantes. Sueño también con liliputienses y confirmo que, según algunas versiones, además de la tierra y del agua, de la carne y la sangre de Brimir surgió una raza de enanos. Sueño con el tiempo y es un hombre con corteza de árbol como piel. Islandia está poblada de hadas y duendes, me queda claro, y habitan muy cerca, ahí donde se acaba el pueblo, más allá del cartel que anuncia su fin. Pero por las noches se acercan hasta mí, llegan a la cabecera de mi cama y se acurrucan en la concha de mi oreja para contarme sus fábulas.

El radiador está apagado pero tengo calor, tanto que el nórdico termina en el suelo. Me sueño en Madrid, a bordo de uno de aquellos antiguos taxis blancos con franjas rojas que circula a alta velocidad sobre la M30. Superamos la Plaza de Toros y le reclamo al taxista por qué no se ha salido en Alcalá. Tampoco se enfila hacia Barajas. ¿A dónde me lleva? A mi lado, sobre el asiento, dos cajas de cartón contienen mis pertenencias, todo lo que se había quedado en casa de mis padres, las curiosidades de mi adolescencia que nunca recogí. Mi madre las empacó y rotuló con un marcador color rojo. El taxista se niega cuando le suplico que me permita apearme. Tiene que llevarme lejos. Instrucciones de ella, de mi propia madre, que no me quiere cerca. De nuevo el golpeteo del viento. Creo haberme despertado, pero continúo soñándome en el taxi sin destino preciso hasta que un bisbiseo me tira hacia este lado de la conciencia.

Abro los ojos y las voces siguen ahí.

Salgo de mi cuarto, la luz del recibidor está encendida y reconozco la voz de Sigmunð que apura a Javi a que se vista y lo acompañe. Se trata de Brimir, alcanzo a escuchar. Algo grave ha sucedido y nos arrebata la calma. Luego grita, desde afuera, que lleve su escopeta. Son casi las cinco de la mañana, enciendo la luz de la cocina y la de mi cuarto, nos vestimos y en un instante estamos sentados en el coche.

Los faros alumbran un paisaje de nuevo blanco. Ha nevado toda la noche y Sigmunð se apresura sobre las huellas de un vehículo que se nos ha adelantado. Llegamos al valle y descendemos de la camioneta a un pandemonio sobrecogedor de aullidos, gritos y berreos bestiales. Es la madre que bufe aterrada, encarcelada en su angustia, mientras Davið y los veterinarios intentan apartarla. Su cría yace en el suelo, hecho un nudillo, sin lograr incorporarse. Brimir mueve solo la cabeza en repetidos esfuerzos por erguirse, tienta el suelo con su trompa y sus flancos se inflan y desinflan al ritmo de estertores agitados y superficiales. Tiene los ojitos inundados de agonía, con las pupilas dilatadas. No entiende por qué no le responde su cuerpo.

Tiene el espinazo roto. Su lomo y sus patitas traseras son un harapo.

— 193 —

Rubio lo atacó. Lo pisó.

Davi∂ y Javier intercambian una mirada sin pronunciar palabra.

Javier va al coche y regresa con su escopeta. La prepara.

No sé si cubrirme las orejas o la cara.

Javier avanza con determinación.

Me cubro la boca. Me muerdo los dedos.

Con fuerza.

Mira a la madre. Parece pedirle permiso y, sin titubear, en un solo y continuo movimiento alza el arma, apunta y dispara tres veces.

Paf. Paf. Paf.

El eco retumba en el valle.

Paf. Paf. Paf, responde la distancia.

Luego el silencio, que incluso la madre respeta.

Exhala y sus pulmones reavivan el vendaval.

El cuerpo de Brimir yace inerte sobre la nieve y un charco de sangre empieza a formarse en torno a él.

Silencio. Hasta que Javi lo rompe a sollozos.

Con un lamento profundo, de desgarro y desesperanza. De cansancio.

De una soledad distinta a todas las que se han vivido.

Me duele Brimir, muchísimo.

También me duele Javi.

Pero permanezco entumido, incapaz de consolarlo.

Javi tiembla y yo, con todas mis fuerzas, embucho mi propio llanto.

Sigmun∂ le pone la mano en el hombro y Javi se gira hacia él para refugiarse en un abrazo.

La madre se aproxima, pausada. Resignada.

Lo palpa con la trompa. Lo huele, huele sus heridas.

Sabe que su bebé está muerto.

Necesita olerlo. Olfatear su sangre.

Finalmente, yo también lloro.

Lloramos.

Cada uno en su soledad.

El horizonte empieza a aclarar. Esos amaneceres islandeses tan lentos y pausados.

La luz ennegrece la sangre de Brimir.

Si Þingeyri siempre había estado al borde del mundo, ahora mismo, apenas con nuestras uñas alcanzamos a aferrarnos a él, mientras que el resto de nuestra existencia se despeña hacia la nada.

Llegué a nuestra cita antes de la hora acordada, en la esquina de Recoletos y Salustiano Olózaga. Era uno de aquellos primeros días de primavera en los que el tiempo engaña, con esos cielos madrileños en los que luz y nubes se enredan en maromas. Caminé desde la casa de mis padres que recientemente se habían mudado a un piso a dos manzanas del parque del Retiro, en el barrio de Salamanca. Llevaba un jersey ligero y la esperé con frío. Ella llegó, también a pie, arrastrando una maleta y su bolso apoyado en ella. Nos saludamos con un abrazo, esquivando la inercia de besarnos los labios. Sentí pena cuando me dijo que había pasado la noche en un hotel. «Podrías haber dormido en casa de mis padres», comenté y ella me miró con una sonrisa torcida. Una vez resuelto nuestro asunto, esa misma tarde, se marcharía a Buenos Aires. Así de práctica era Pilar. Llevaba vaqueros, camisa azul a rayas, chaqueta de ante y unos coquetos zapatos bicolor de Chanel. No reconocí ninguna de sus prendas. Solo el bolso y la maleta. Se había cortado el pelo más corto que nunca. Se veía guapa, joven, parecía como si le hubiesen quitado años de encima. Era yo el que se hacía a un lado y le restituía su juventud.

Nos habíamos metido en la cabeza que aquel momento no iba a ser triste. Era un divorcio de mutuo acuerdo, el más sencillo de todos. Firmaríamos el acta ante el notario para reembolsarle su libertad, envuelta en esa mañana soleada con nubes blanquísimas como listón. Había que amputar nuestro vínculo para que yo me dejara caer sin revolcarla. Ya desde el ascensor que nos condujo a la notaría, sentí unas enormes ganas de volver a Ibiza para saberme solo. Esa misma noche volaría, llegaría a casa a prepararme la cena y a disfrutar mi soledad, enganchado a las noticias sobre la pandemia, sobre la guerra, sobre Irán y sobre algún tiroteo en una discoteca, guardería o centro comercial americano, para devorarlas con placer morboso, a escondidas, como un vicioso que se rinde a su adicción. Luego le seguiría la pista, quizás, a la historia de una de esas amistades interespecie, podría haber sido la de un mono y un pato que se hicieron inseparables y que fallecieron juntos, electrocutados por un cable en un pueblo de la China rural más profunda. Me fijaría, con pena, en sus cuerpecitos calcinados y sentiría una tristeza que solo los animales me han sabido provocar. Ellos nunca han sido culpables de los males que hemos acarreado sobre ellos. Aquel cable de alta tensión fue responsabilidad nuestra, de los *sapiens sapiens*.

La firma fue más rápida de lo que pensé. El notario nos recibió, nos estrechó la mano, tomamos asiento, extendió una carpeta abierta con los documentos que teníamos que firmar y la posición exacta para hacerlo señalada con banderillas de colores. Primero firmó ella, luego yo. Él se puso de pie, un segundo apretón de manos y ya está. No dio tiempo siquiera a darle un sorbo al vaso con agua que le había pedido a la recepcionista. Salimos de nuevo a la calle y caminamos hasta el Café Gijón, al otro lado de Recoletos. La ayudé con su maleta. Aunque pesaba —dijo que se marchaba solo por unos días— preferí cargarla. Nunca he soportado el fastidioso ruido que hacen esas infames rueditas contra el asfalto y que, por aquellos días, cobraban un nuevo significado. Dejaban de ser el *soundtrack* de hordas de turistas invadiendo las ciudades en busca de su Airbnb, para convertirse en un fragor de guerra y símbolo del éxodo ucranio.

Ella pidió un café cortado. Yo una caña y un pincho de tortilla. El primer trago de cerveza fría, a esa hora de la mañana y con el estómago vacío, me despabiló. Ambos teníamos nuevas vidas por delante.

Por capricho del destino y a causa de una huelga de taxis, terminé por llevarla en el coche de mi madre al aeropuerto. Al llegar a la T4 me imaginé en uno de esos emotivos vídeos en los que devuelven un animal salvaje a su hábitat natural, después de años de miserable cautiverio. Antes de bajarse del coche se giró hacia mí, me sonrió, me dio un beso, esta vez en los labios, estrujó mi nunca con su mano y me dijo que me cuidara. Observé cómo se alejó con su maleta, sus movimientos eran livianos pero decididos como los de una tigresa que, finalmente, volvía a sentir la selva bajo sus pasos. La entregué a su destino. Esos supuestos días se convirtieron en meses y eventualmente conocería a Matías. En menos de dos años estarían casados y en tres nacería la pequeña Matilde.

Después de dejarla en el aeropuerto, volví al centro de Madrid recogido en mi tristeza, libre para entregarme a ella. Finalmente podría hacer con mi vida lo que quisiera. Esa misma tarde leí un encabezado en la prensa: «*The West is mourning its shattered illusion that it had entered an era of perpetual peace*». El mundo se adentraba en la guerra y se esfumaba nuestro enamoramiento con una paz eterna. Yo también iniciaba una batalla con mis propios monstruos, que, a momentos, han sabido inspirarme. Fue por aquel entonces que escribí el guion de la película que me valdría los galardones en Venecia y Berlín: la historia de Maxim, un chico joven, tatuado hasta el cuello y con piercings en orejas y labios, repartidor de Glovo en Lviv, que se convierte en un inesperado héroe en bicicleta durante los primeros meses de la invasión rusa, hasta que decide enlistarse en el ejército ucranio para después desertar y huir a España por amor. Un amor fallido. El film narra su vergüenza, decepción y la forma en la que Maxim se atraganta con su fracaso en una ciudad extraña, mientras la suya es bombardeada. Después de deambular por las calles de Barcelona, decide volver a la guerra con el corazón roto, todo él hecho pedazos entre su propio sufrimiento, el de su familia, su gente y su país. Muere en combate: un joven solado ruso le dispara a quemarropa, no sin antes dejarle ver el terror más grande en sus ojos repletos de lágrimas. «мне жаль, мне жаль», dice el ruso. «Perdón, perdón».

He narrado historias de amor no por romántico, sino porque con todos sus bemoles y apostillas, el amor es parte de nuestra experiencia. Pero, a diferencia de nacer, cagar, comer y morir, el amor es solo para unos cuantos. Amar y saberse amado es un *privilegio* del que no todos gozan —finalmente logro acomodar bien esa palabra—. No existe un amor universal, no lo es, siquiera, el de una madre. Lloran los recién nacidos que nunca sentirán el sosiego de la teta maternal y resoplan los padres malditos que, como Saturno, devorarán a sus hijos, que los decapitarán entre sus fauces o que los reventarán bajo su peso. El amor no siempre es para todos y yo me siento muy afortunado por haberme fogueado en él, aunque quizás el nuestro jamás debió ser de pareja y Pilar y yo, confundidos, intentamos meterlo entre las sábanas. Ella insiste en que somos familia, pero la sangre siempre pesa más que el agua y, entre nosotros, a pesar del inmenso cariño, lo que hay es solo agua.

Algunas personas, las más afortunadas, se mecen de amor en amor, como Tarzán que pilla una liana después de la otra. A Pilar, las vacancias entre relaciones, incluso antes de mí, le duraron poco. Meses, semanas… Yo no he corrido con tal suerte. Nadie ocupó el lugar que ella dejó vacante a pesar de que, a momentos, añoré una presencia cariñosa a mi lado; un peso ajeno sobre mi cama; un aliento al lado del mío durante los paseos por el bosque, un jadeo; reservar dos billetes de avión; desvelarnos juntos y amanecer abrazados. Nunca más encontré alguien que me valiera para alargar juntos las horas. Hubo mujeres a las que quise más que a otras, desde luego, y una de ellas fue Constanza, aunque ella nunca supo cuánto la llegué a querer. No amar, pero sí a querer por todo lo alto.

Durante tanta soledad, he logrado conocerme a fondo. Sé que cenar tarde siempre me sienta mal —de preferencia no probar bocado después de las siete—; puedo calcular con certeza cuántos metros mide una piscina desconocida al comprobar la marca del tiempo en mi reloj; sé que si duermo más de seis horas y media, el día siguiente lo llevaré mal y que cuando abro los ojos, por muy temprano que sea, es mejor que me levante, porque si me fuerzo a seguir durmiendo, soñaré sueños tristes; sé que he rechazado por temor a que me rechacen y que eso, inevitablemente, me ha llevado a encerrarme cada vez más en mi soledad. También sé, con exactitud, en qué momento terminó mi juventud, gracias al epígrafe de la novela de un amigo chileno. El texto original es de Isak Dinesen o, mejor dicho, de Karen Blixen y lee:

Yo era tan joven entonces que no podía, como los demás jóvenes, perder la fe profunda en mi propia estrella, en una fuerza que me amaba y velaba por mí con preferencia sobre todos los demás seres humanos. Ningún milagro me parecía increíble, con tal de que me sucediera a mí. Cuando esa fe empieza a menguar, y cuando piensas en la posibilidad de que estés en la misma situación que los otros, has perdido definitivamente la juventud.

Los milagros dejaron de suceder para mí. Aquella confianza que tenía en el mundo y en mí mismo se desfiguró. Se asomaron la congoja y la envidia, llegaron el secretismo, las estrategias y la intriga. Llegó también el éxito, aquel espejo que se estrella cuando te miras en él y así, distorsionado te sigues de largo por la vida hasta que termina por romperse del todo. Miras entonces las trizas de ese espejo, las has pisado ya. Tan filosas, tan cortantes y tú descalzo.

Hay quien habla del suicidio como un acto de cobardía. No concuerdo, se requiere valentía y determinación. Es un acto que merece todo mi respeto. Para llegar a él hay que cultivar la muerte dentro de uno mismo, dejarla que germine, regarla para que, poco a poco, crezca. Que gane. Hay que saber confesarse a uno mismo que la vida nos ha sobrepasado o, simplemente, que no la comprendemos y que nos hemos hartado de intentarlo.

Desde hace décadas abogo por la eutanasia y por el suicidio asistido porque estoy convencido de que decidir en qué momento morir debería ser un derecho protegido y garantizado. La libertad fundamental de reclamar: hasta aquí, no puedo más, me bajo del tren por un cáncer, por aburrimiento o por un corazón roto. Por el motivo que sea, sin necesidad de explicaciones. Prevalece, no obstante, aquella obligación anacrónica de mantenernos con vida incluso a los que no queremos vivir; incluso si somos tantos y la vida puede valer tan poco; incluso cuando la rabia, la indignación y la vergüenza predominan sobre cualquier tipo de entusiasmo. Nunca antes hubo tanta soledad, tantas décadas de desconsuelo. ¿De qué nos sirve cumplir 130 años si malgastamos, al menos, medio siglo en tristezas? Adelante los voluntarios: quien quiera morir, que pueda hacerlo y que se le otorguen beneficios fiscales por su incitativa en nombre del bien común. De por sí somos demasiadas bocas, demasiados picos que alimentar, que callar y amordazar. Echo de menos los abanderados que se entreguen a la causa con la misma congruencia y rabia con la que hemos defendido el derecho al aborto o la autodeterminación de las personas trans. Nada más personal que morir y, en consecuencia, decidir sobre la propia muerte debería ser nuestra próxima frontera en la batalla por nuestros derechos, pero la idea permanece, hasta hoy, enquistada entre tabús, miedos y supersticiones. Los activistas del suicidio se organizan al margen como criminales, escorias desgraciadas, deprimidos maniáticos que precisan la intervención de la sociedad. Basta ya. Que no lleguen los bomberos a rescatarnos de un balcón o a descolgarnos de una viga. Que no nos obliguen a seguir en contra de nuestra voluntad. Nada más personal que morir, insisto. Ninguno de nosotros ha decidido llegar aquí, nadie escoge nacer. Deberíamos, al menos, tener la potestad sobre nuestra muerte.

La nieve se hizo una vez más con todo el paisaje. De golpe. Empezó a nevar la noche de ayer. El aire se llenó de esos copos finos, como granitos de sal, que parecen nunca tocar el suelo de tan livianos que son y esta mañana todo lo que tenía color ya se había vuelto a desvanecer en el blanco. Þingeyri me gusta más así, con sus calles uniformes, sus tejados hermanados y las montañas que se confunden con el cielo. La nieve esconde todo lo que está de más, silencia, limpia. Descuellan solo esas luces que velan al pueblo con la ilusión de una eterna navidad.

Con la nieve llegó de nuevo el viento que sopla entre las casas y la gente desapareció una vez más tras el anonimato de sus ventanas y de los cristales de sus coches. Son sombras, siluetas detrás de una cortina. Algunos saludan, pocas veces los reconozco porque el viento me despeina hasta las pestañas. Es cierto lo que dijo Kurt: usan el coche para todo, viajes de dos minutos para bajarse a comprar algo en la gasolinera, dejan el motor andando y la calefacción al máximo. Una vez más, Javi y yo somos los únicos que caminamos por las calles del pueblo. Sobre la nieve que cubre las aceras están solo nuestras huellas, las de algunos gatos, las de un chihuahua obeso que dejan salir a que mee a solas y las de los niños que van y vuelven del colegio, para no dejarse ver hasta el día siguiente. Sus bicicletas escarchadas, pacientes, arrumadas en los porches de sus casas.

La tristeza parece habernos contagiado a todos como un virus que se propagó desde el valle, viajando por el asfalto, a manera de torrente sanguíneo, hasta alcanzar moquetas, alfombras, tapetes, cortinas, nórdicos y almohadas. Ya ni siquiera han limpiado la nieve y los clavos de los neumáticos revientan el hielo que cubre la calle. Þingeyri se ha dado por vencido, su gente se ha resignado a esperar a que el invierno acabe. Nada pueden hacer para acelerar ese proceso, más que armarse de paciencia.

La tristeza se ha ensañado con nuestra casa color azul bondi y brota hasta por los grifos, emana, junto al calor, del suelo de la cocina. Calor triste, tristeza caliente. No hay peor especie de calor, ni de tristeza, porque agobian, hielan, escuecen y desamparan a la vez. Noto a Javi preocupado por mí y percibo su inquietud por alcanzar a leer los folios que escribo a mano mientras él prepara la cena y que cuidadosamente doblo y guardo en distintos sobres. Quiere adivinar mis pensamientos en la forma que meneo la cuchara del té, en la manera en la que reposo el tenedor sobre mi plato o en el ángulo con el que empuño el cuchillo para cortar la carne que ha preparado. No hay mucho que descubrir: lo que siento y pienso está a la vista, como una herida expuesta. Mi realidad va servida con nuestro desayuno de manzanas insípidas hervidas con canela, jengibre en polvo y media taza de copos finos de avena que racionamos con cuidado. Va en nuestro almuerzo, en el silencio impío que nos sofoca y en las caminatas necias contra el viento y la nieve. Estoy triste. Él también lo está. Solo que mi tristeza no tiene marcha atrás, es una ladera erosionada que llaga la tierra y se devora sus propias rocas, sus raíces, sus lodos.

Fotografío el mural del zorro y una ráfaga de viento helado casi me arranca el móvil de las manos. Le envío la imagen a Laline y responde enseguida: «*you saw him!*». «Así es», escribo, «no te lo había dicho, pero lo vi desde que llegué a Þingeyri». Comento que hace unos días, durante un paseo, vi un excremento congelado, casi petrificado que, probablemente era de zorro. «Escúchalo bien, seguro tiene algún mensaje para ti. La energía del zorro estaba muy potente la última vez que hablamos. ¿Habéis visto la aurora?». «Sí», respondo, «tantas veces». «Ambos están muy conectados en la mitología nórdica», continúa, «el zorro, gran maestro del ardid, hace bailar a la aurora entre las estrellas al mover su cola por toda la galaxia». Me envía un artículo sobre el efecto de las tormentas solares. «Reduccionista», alerta, «y no es que necesitemos a la ciencia para constatar el impacto que tienen estas fuerzas sobre nosotros, pero léelo, es interesante». Le echo un vistazo: entre los efectos de las tormentas geomagnéticas enumera la ansiedad, los trastornos al sueño, la agresividad y las tendencias suicidas.

Laline ignora lo que Brimir y su muerte han significado para mí. Desconoce que drones cargados con bombas de amargura surcan a pocos metros sobre mi cabeza y que, ante su amenaza, he decidido engullir un nanorrobot imaginario que, poco a poco, tapia mi garganta. Lo que hemos vivido aquí en el pueblo ha sido la traición más grande desde los tiempos de las grandes sagas islandesas. No logro deshacerme del eco de esos tres disparos que, a momentos, enmudecen para dejar manar los sollozos de Javi. Los recuerdo y me desalmo, se me escapa toda fuerza vital para dejarme hecho una sombra desgarbada. La muerte del pequeño Brimir atruena como un mal presagio a la luz de los encabezados que lo proclamaban el heroico abanderado de la resiliencia de la naturaleza. El gran mesías murió y se llevó consigo todas mis ganas. Gracias a él todo iba a estar bien. Brimir venía a reparar lo que estaba roto en el mundo. Y en mí. La historia cuadraba: su nacimiento inesperado, la mitología de su nombre, las señales inequívocas, las coincidencias, nuestro entusiasmo. Yo, más que nadie, quise creer que de verdad era un milagro.

Imagino la escena: noche densa, de luna, el viento que atusa la nieve y silba en el valle; Rubio se pasea inquieto y arrastra su sombra sobre la escarcha. La observa enfadado, harto de esa mancha que lo atosiga. Gira un tronco marchito entre sus patas delanteras y con su trompa olfatea la tierra negra que queda al descubierto, huele su humedad. La remueve, ensucia la nieve y se alza sobre el tronco que cruje bajo su peso. Sus bufidos apestan el aire con rabia. Rubio se abre paso entre la manada, empujando a sus hembras que rezongan molestas, hasta dar con el cachorro. Una lechuza solitaria lo observa con recelo desde la distancia. Ella sabe que ese elefante lo que quiere es matar a su sombra y así, sin más, sin esperar a aquella nube que se aproxima para aliviarlo del acecho, alza su pata derecha, dobla la rodilla y con sus diez toneladas y casi cuatro metros de altura, aplasta al elefantito que apenas emite un quejido. Lo pisotea con toda la rabia que le tiene a sus sombras. Quiere deshacerse de ellas, que no le persigan más. La madre no logra entender qué hace su cría entre las patas del macho que apesta a furia. Son las demás hembras las que la alarman y gritan aterradas. Se acoplan en histeria solidaria, una contra otra, para atrincherar a su bebé, pero ya es demasiado tarde. Ya tiene el espinazo roto. Pánico en la manada, trompeteos de terror que despiertan a Davið. Que le dicen que algo está mal, muy mal. A la madre le aflige que su pequeño no logre ponerse de pie, que sus patas parezcan ramitas secas y que sus resuellos suenen como el aire cuando se cuela entre los muros del granero. Las hembras se plantan como guerreras, berrean indignadas y en el cielo, la nube finalmente alcanza a la luna. Mientras se aleja, Rubio observa como su sombra se desvanece. La ha podido matar, se engaña.

Casi un mes en Islandia y, hasta la fecha, no he visto dónde venden bebidas alcohólicas. Hablan de «tiendas especiales», alguna *off-licence* que no he identificado ni en Reikiavik ni en Ísafjörður. Aquí en el pueblo sé que no las hay. Javi ha corrido con más suerte y vuelve de su expedición a hacer la compra, justo antes de que se desate de nuevo la tormenta, con una botella de vodka de patatas. En un gesto que resulta casi cómico, resuelto a contagiarme su buen ánimo, abre la ventana, una potente ráfaga de viento y nieve se cuela en la cocina, y con la mano parte las puntas de dos carámbanos para servirnos los tragos.

—Salud —dice.

—Salud.

—¿Cómo se dice en islandés?

—No tengo idea —no he aprendido siquiera a dar las gracias.

—*Skál*!

—*Skál*, ¡claro!

La charla que tenemos pendiente corrompe el aire de la cocina como el hedor de la coliflor que se nos ha podrido en la nevera. Es hora de ventilar purulencias. Brimir, su maravillosa, tierna y corta existencia, no hizo más que postergar este momento. Nos ocupó los días e hizo olisquear un rastro de esperanza que se asfixió con aquellos tres disparos que aún redoblan en el valle. Aplazarla más sería una cobardía.

—¿Cómo estás? —pregunta.

—¿Recuerdas aquel mar glaciar y embravecido que sobrevolamos antes de aterrizar en Islandia?

—Claro —afirma, después de gorgotear un trago de vodka entre sus dientes.

—Pues en él, frente a la costa sur de la isla, hace sesenta años, un barco naufragó. Guðlaugur Friðþórsson, el único sobreviviente, nadó durante seis horas en la oscuridad, guiado por un faro que veía a momentos entre las olas. Cuando finalmente llegó a tierra, descubrió horrorizado que los acantilados que se alzaban frente a él eran imposibles de escalar. La marea seguía creciendo, chupando con furia las rocas a las que se abrazaba y Guðlaugur no supo hacer otra cosa que lanzarse de nuevo al mar helado y rabioso. Y nadar. Horas más tarde, con seis kilómetros nadados y otros tres recorridos a pie, el náufrago llamó a la puerta de una casa. La ciencia se le volcó encima para estudiar cómo era posible que apenas hubiese mostrado síntomas de hipotermia, después de nueve horas en el agua helada. Su cuerpo, descubrieron, poseía una capa de grasa más gruesa de lo normal que aisló sus órganos vitales. Guðlaugur era un mutante, una foca humana.

—El hombre foca.

—¿Sabías, Javi, que junto a nuestros primos los primates somos la única especie a la que nos tienen que enseñar a nadar? Todas las demás, mal o bien, al menos saben flotar. Nosotros no, nos ahogamos. Pero, si bien es cierto que con la evolución olvidamos cómo nadar, en la lotería de mutaciones y cromosomas ha habido siempre fenómenos que hienden el tronco común para enramar su propia historia. Su propia especie. Así se hizo la jirafa con su cuello, el pingüino con su cuerpo de torpedo y el ornitorrinco con sus huevos y su leche. Así la mariposa de los abedules pasó de ser blanca a oscura para camuflarse con el hollín de la revolución industrial...

—Así la gripe se las ingenia para, invierno tras invierno, volver a infiltrarse en el rebaño —añade.

—En ti, Javi, como en el hombre foca, reconozco una mutación que te mantiene a flote en el océano tan bravo que te ha tocado navegar: tus ganas de vivir. Tu alegría. Ese es el verdadero cambio genético que bifurcará la humanidad y que va más allá de lo que pueda inventar la ciencia.

Me mira, sus codos apoyados sobre la mesa y el vaso con vodka a la altura de sus labios.

—En cambio yo —continúo—, llevo décadas encallado en una playa amurallada por acantilados, sin el coraje para echarme a nadar, pero, finalmente, tengo arrestos para ir más allá de donde revientan las olas.

Bebe y el vodka le enrojece las mejillas.

—Me importas. Te he cogido cariño. Hombre, ¡claro que sí! Yo fui a Ibiza a despachar un bisonte y tú me has hecho más grande el mundo. Suerte la mía conocerte, *Silvester*.

—La suerte ha sido mía, Javi.

Sonríe y las arrugas de su rostro escarban el tumultuoso registro de los últimos días.

—Lamento haberte mantenido todo este tiempo alejado de tus niñas, haberte enredado en esto...

—Que no tío, me podría haber pirado hace mucho tiempo y no he querido hacerlo. Yo he querido estar aquí.

Brindamos de nuevo. Afuera la tormenta arrecia y yo me pongo de pie para alcanzar un sobre rotulado con su nombre que coloco frente a la ventana.

—Con esta calma, Javi, quiero decirte que sigo firme. Creo que lo sabes. Hasta aquí llego. Me gusta este lugar y ya ha llegado mi momento. Por algo vine hasta Þingeyri justo ahora, para conocer a Brimir, para vivir esto que hemos compartido.

—Que nos une —apuntala.

—Que nos une. Qué fortuna. Gracias —se me llena la boca al decir *gracias*.

—Gracias a ti. ¿Qué tienes ahí?

—Una carta.

—¿Para mí?

Asiento con la cabeza.

—Sabes, Javi, las islas son especiales. Decidí vivir en Ibiza y luego Islandia me llamó. Ha sido un peregrinaje venir hasta aquí, como el que hacen algunas ballenas para encallar, año tras año, en las mismas playas. Este rincón del mundo me invocó y de aquí no volveré. No me obligues a esconderme, por favor, no quiero tener que escabullirme como un animal herido. Tampoco quiero buscar otro lugar, ya no tengo las fuerzas. Supe desde el momento en que llegamos, apenas me bajé del coche de Davið, que estaba en el sitio correcto.

—¿Puedo preguntarte algo?

—Lo que sea.

—¿Por qué una película? ¿Por qué filmarlo? —frunce el ceño.

—Buena pregunta... Por mi ego, como tú mismo dijiste. La idea absurda de hacer una obra que, en su momento, pensé sustancial, visualmente bella. Ojo, ¡eso sí que lo sería! Tenía las secuencias muy bien pensadas... La nieve, las bestias, mi cuerpo, mi sangre. Sabes, Javi, el síndrome del impostor me queda como anillo al dedo. Se me ha adjudicado una autoridad moral que no me corresponde. La gente me mira como aquel intelectual con su vida tan resuelta. Esperan un comentario acertado, inteligente, como si yo supiera cosas que los demás ignoran. Sucede algo grave, un nuevo desastre, una catástrofe, y los medios me buscan para conocer mi opinión, los diarios me piden que escriba algo, me quieren entrevistar en los noticiarios. Lo viste hace unos días con Brimir. Sé que la gente me escucha, me lee. Pues quería que se dieran cuenta que incluso alguien como yo, tan resuelto como piensan, no ha podido más... Que la vida se me fue de las manos.

Ninguno de los dos nos atrevemos a pronunciar la palabra, como si tuviésemos dinamita bajo la lengua. Como si *suicidio* fuese en sí, una palabra kamikaze. Morir, quizás, sea como nadar en agua helada. Así lo he imaginado. Primero, el agobio del frío antes de sumergirse, luego el agua que recoge todo tu ser, tus músculos, piel, carne, pelo. Las primeras brazadas duelen, el cuerpo hormiguea. Pero sigues y, sin darte cuenta, llega el momento en que el frío desaparece. Lo importante es moverse. Lo primordial es que el espíritu sepa desprenderse del borde. Y nadar.

—¿Querías dar un mensaje de desesperanza?

—Sí —admito con pesadez—, absurdamente sí, en pocas palabras, la idea era: si la vida para alguien como yo no vale nada, ¿qué va a valer para vosotros?

—¿Y por qué Þingeyri?

—Por un cúmulo de razones, Javi, de coincidencias y señales. Creo en las magias. Y aquí he sentido muchas.

—Sí, este lugar... Islandia —suspira con la mirada acristalada.

—Y los mamuts. Ya lo he dicho antes: la tarea más noble de un escritor es reunir nuestras historias para entrelazarlas con la Historia, en mayúscula y, así, darle sentido a la memoria colectiva. Mi historia, mi pequeña vida, junto a la de estos gigantes y todo lo que representan. El pasado remoto, el albor de la humanidad y su reaparición durante el ocaso de la civilización. Contrastes, significados, incluso belleza... ¡Qué sé yo! En realidad, todo es una tontería y volvemos al punto de partida: mi ego.

Leo compasión en su rostro y con una sonrisa serena procuro darle a entender que no es necesario que se esfuerce en comprenderme. Con estar basta.

—¿Sería mucho pedirte que dejes que sea yo el que se marche? —pregunto, con pólvora entre las muelas—. Saberte aquí me da paz.

Asiente con los ojos llorosos y la barbilla arrugada en un puchero.

—Aunque no esté de acuerdo —agrega—, respeto tu decisión, Silvestre. No estás solo.

No estoy solo. Le miro con cariño. Sé que el sentimiento es mutuo y que nos hemos procurado mutuamente una especie de refugio. Javi ha excavado su madriguera en mi historia, para hacerla suya y remozarla a su gusto. Conocerle me ha brindado un arraigo

— 211 —

que, sin buscarlo, me procura paz y me da la certeza de que de algo ha servido todo. Este *todo* tan amplio, de tantos años, tanto acumulo, tantas risotadas, lágrimas, victorias y desencantos; tanto arrojo y tanto brío. Este todo de tanta vida.

Recalentamos el goulash de reno que preparó hace algunos días. Pelo las patatas que trajo del supermercado y las meto al horno con *bacon*, mantequilla y sal, pongo la mesa y enciendo una vela. Goulash, patatas, vodka de patatas ¡y vino!

—¿Vino?

—Sí —voy a mi cuarto por una botella.

—Qué bien escondida la tenías.

—La estaba guardando para una ocasión especial.

Llamamos a Elena y ella descorcha un vino blanco para que brindemos a distancia. Le digo que la quiero.

—Te quiero muchísimo, Elena.

—Ya estás borracho, Silvestre —carcajea antes de colgar.

Durante la cena Javi me muestra un dibujo que hizo la más pequeña de sus niñas de la señal vial con el mamut. Me enternece ver cómo se le iluminan los ojos al compartirlo conmigo. De postre comemos un improvisado *marriage cake* —en realidad es más *crumble* que *marriage cake*— y, en lugar de nata, lo servimos con un poco de skyr, ese fermentado islandés similar al yogurt. Fregamos juntos los platos, doblo el paño de la cocina y vuelvo a encender la vela que él ya había apagado. Nos sentamos a una copa más, yo lío un cigarrillo y lo miro con una gran sonrisa, en silencio. Él reconoce la calma que me brinda saber que todo está llegando a su fin, que ya no tengo que buscar, ni esperar y que estoy más adentro de mí mismo de lo que nunca había estado. Se le quiebra la voz al preguntarme si es hora. Respondo que sí. «No te levantes», lo abrazo por la espalda y le doy un beso en la cabeza. Creo que está llorando. Yo sonrío.

Me pongo el jersey, la chaqueta, los guantes y las botas. Hecho un vistazo desde el dintel de mi cuarto. No se ha movido. Veo sus hombros y su cabeza inclinados. Me llevo la mano derecha al corazón y extiendo la izquierda hacia él. «Gracias, Javi», digo en voz baja, tranquilo. «Gracias, vida», pronuncio en silencio. Salgo a la tormenta y cierro la puerta tras de mí.

Javi, querido amigo:

Nos robaron del agua y a ella siempre hemos querido volver. Para soñar, para alimentarnos, para navegar, para crecer nuestros músculos y para conquistar tierras desconocidas. Volvemos al agua para vencer nuestros miedos y para soportar un verano. Retornamos a ella para enamorarnos de una nueva piel y para que una mirada nos recorra, por última vez, húmedos, con aquel cariño que creíamos perdido. Volvemos al agua, Javi, porque en ella hay tanta vida.

Reescribamos entonces la Biblia y que en lugar de ascender al cielo, el hijo se reúna con el padre en el fondo del mar. Para ello están las vírgenes que emergen de él, chorreando aguas saladas sobre los lomos de pescadores devotos.

Imagina que las nubes que enmarcan los rostros de los querubines son olas; sus alas, aletas, y que yo hoy lo único que hago es cambiar las plumas de mis gallinas por escamas.

Tú, Javi, con tu alegría mutante y esa sonrisa invicta, eres el hombre que está por llegar. El humanoide que viene es aquel que sabe ser feliz. Solo vosotros valéis para una nueva raza. Y será tu deber inventar, junto a tus niñas frente a la chimenea de casa, una nueva palabra para lo que antes llamábamos *futuro*.

Devuélvele ese sentido de esperanza que alguna vez tuvo y confía en que en ella, en esa esperanza, tú y yo nos volveremos a encontrar.

Vive feliz.

Tu amigo, Silvestre.

Vi un cielo nuevo y una tierra nueva;
porque el primer cielo y la primera tierra pasaron,
y el mar ya no existía más.

Apocalipsis 21:1-5

Agradecimientos

A Ilaria Bernardini le agradezco el chispazo inicial que me llevó a escribir esta historia. Su marido, mi buen amigo, Leopoldo Zambeletti, me invitó a navegar con ellos una tarde en Ibiza, a finales de agosto de 2021. «Si yo tuviese tu libertad, iría de residencia en residencia», me dijo ella, mojaditos los dos, viendo el atardecer y con una cerveza en la mano. Apenas tuve cobertura busqué opciones —quería algo remoto— y para cuando volvimos al puerto, ya sabía yo a qué programa postular. Días después leí sobre el experimento para recrear a los mamuts y una cosa llevó a la otra. En marzo de 2022 llegué a Islandia, a escribir.

Agradezco a la Westfjord Residency; a Kate Hiley, mi única compañera durante la residencia, su generosidad, su compañía y su pasión por las auroras boreales; a los residentes de Þingeyri, a los ancianos de su piscina y a sus focas por tanta inspiración; al Ministerio de Cultura y Deporte y a la Dirección General del Libro y Fomento de la Lectura por su apoyo.

Gracias a Stefano Pitigliani por permitirme ponerle el punto final a mis novelas en Sommavilla; a Flavio Valabrega por acompañarme en aventuras que han servido de inspiración para esta historia; a Javier Cardona y Carlos Montesinos. A Can Musson por haber sido mi casa, a Can Manà, a Elena y a Ibiza.

A Andrea Gigliani y a Apple.

A mis compañeros del Club de la Molinera; a la Real, Venerable y Franciscana Hermandad y Cofradía de Nazarenos de Nuestro Padre Jesús de las Tres Caídas y María Santísima de la Amargura. A Agustín Ramos y a Isilia Peña.

A Pedro Pascal, Rossy de Palma, Manolo Caro y Pablo Simonetti, a quien le agradezco dos veces: gracias, gracias.

A Valentina Uribe, Laura García y Roberto Valladares por esa primera lectura. A Mayra González por su apoyo y a Penguin Random House. A Martha Elena Venier, siempre, y a mi editora Nayeli García, por llegar a mi vida.

A mi padre, Juan Manuel.

A mi madre, Beatriz, a Iván y Vanessa, mi hermano y mi cuñada, y a mis sobrinas Paulina y Valentina.

A mis animales —Cañita, Mago, Turrón y Rumbo, mis perros; Ojalá y Chato, gatos; a Candela, mula; Lucero, pony, y Copla, burra; a Polvorón, mi tortuga; a mis gallinas y gallos—. No vivo solo, vivo con ellos.

Y a La Sierrazuela, mi casa.

Esta obra se terminó de imprimir
en el mes de octubre de 2024,
en los talleres de Impresora Tauro, S.A. de C.V.
Ciudad de México.